想陪著你，一直到很久的以後

網路小說人氣作家 Sunry —— 著

不是每句我愛你都浪漫動聽，
世界上有幾十億的人口，我卻只想聽你說……

‧第一章‧

其實，我想要的，不過就是擁有一個愛我、懂我、珍惜我的人，如此而已。

我是一個想幸福的人。

比起白馬王子，或是擁有家財萬貫的身價，我更渴望的，是一雙溫暖的雙手。不管是在嚴寒的冬季，或者是在擁擠的人潮裡，都願意緊緊牽住我，不讓我受寒或迷失在茫茫人海裡的一雙溫暖手掌。

我的愛情開始得很早，大約在國小五年級時，我就確定自己是真心喜歡那個從小跟我打打鬧鬧一起長大的男孩，那不是隨隨便便的喜歡，而是一種期待可以跟他共度一生一世的冀望。

我想嫁給他！

這個念頭，曾經非常強烈地佔據我所有的思想，一直到後來的後來，在我們確實交往的那幾年裡，我還曾經把這個年少的夢想告訴過他。

當他聽到我兒時的夢想時，並沒有我想像中的感動，甚至還笑個不停，彷彿我說出什麼幼稚到不行的話一般。但當時的我，確實是用異常認眞的神情和十分虔誠的口吻，把這個在我過去幾年的生日裡始終不變的生日願望告訴他。

只是，不管再怎麼喜歡，終究我還是失去他了。

愛情的結束，就跟開始一樣，都讓人束手無策！

他叫江瑞志，我的初戀男友。

也許是因爲太愛了，所以當他毅然決然地離開我的世界時，我非常痛恨我自己，覺得一定是自己哪做錯了，才會留不住他。

「妳哪有錯？明明就是他眼睛瞎了，干妳什麼事？」

我的好朋友林誼靖十分不喜歡江瑞志，她總覺得，自從我跟他在一起之後就變得容易患得患失，眼淚也變得廉價了。

「反正，失去妳是他的損失，離開他，妳才能找到眞正的幸福。」

我的另一個好朋友魏蔓宜則拍拍我的肩膀，對我露出溫暖的笑容。她是一個小說作家，偶爾會出賣林誼靖跟我，把我們發生過的事或者對話寫進她的故事裡。

我其實很慶幸，在我人生的高潮與低潮裡，她們兩個人始終都在我身邊。

套句林誼靖說過的話，我們三個是「高中同學，姊妹淘，一輩子的死黨」。

我好喜歡這句話。

「一輩子」，是多麼難能可貴的三個字。

我們三個人當中，最早收到男生情書的是林誼靖，她的外型是許多男生夢中情人的完美典型，一雙水靈大眼，無意之中拋個媚眼，路邊馬上就有男生跑來搭訕要電話，甚至死心塌地為她作牛作馬都不喊累。不過林誼靖的個性跟她的外表一樣「辣」，很有主見，所以即使是被男生的情書跟電話疲勞轟炸，她也決不輕言繳械投降。

三個人裡面，我是最早交男朋友的。

我始終記得，當我跟她們宣布我交了男朋友時，她們兩個人臉上瞬間僵住的表情。魏蔓宜倒還好，她在大約半分鐘後就恢復平靜，只衝著我直笑，還不停問我是不是真的，我有沒有在開玩笑。林誼靖的反應可激烈了，她回過神時，我的雙手已經被她死命抓住，身體也被她使力搖晃到暈頭轉向，她拚命嚷著，「今天不是愚人節、今天不是愚人節……沈珮好！妳要是膽敢騙我妳就死定了……」

顯然，我交男朋友的事嚴重打擊到她了。

我們之中最有可能先交男朋友的人就是她，卻偏偏被我後來居上。

魏蔓宜是在我之後第二個交男朋友的，而且她的男朋友正好就是我的大學社團學長，梁祐承。

我剛失戀的那段時間裡，梁祐承曾經在我的生命裡扮演著很重要的角色。

他陪我蹺課、聽我說話，不停地遞面紙給哭不停的我，載著發高燒的我去看醫生，買消夜託學姊帶進宿舍給我吃，安靜地陪心情不好的我繞著學校操場一圈又一圈地走，總是摸摸我的頭叫我一定要勇敢走過去，只要走過去，一切就會好起來的……他的無微不至，的確曾在我的世界裡泛起一圈又一圈的漣漪。

起初，我以爲他是以一名學長的身分在關心我，直到他開口告白，我才知道原來他是喜歡我的。

只可惜，在我的愛情天秤裡，他在輕如羽毛的那一邊。

於是我拒絕他，然後開始疏遠他。

但我萬萬沒想到的是，他竟然對我身旁的朋友動起腦筋。

魏蔓宜向我們宣布她和梁祐承正在交往的那天晚上，我衝到梁祐承家樓下，打電話叫他下樓，要他給我一個合理的解釋。

「這樣，我才能靠妳更近。」梁祐承用清亮澄澈的眼睛看著我。

我氣極了，指著他的鼻子大罵，「你不覺得你這樣很卑鄙嗎？魏蔓宜是個善良又沒心眼的女生，你這樣利用她，你對得起她嗎？」

「我也是沒辦法才這樣的。妳不肯接受我，等我一畢業，我們必然會斷了聯繫。那麼，與其活在沒有妳的世界，我寧願自己當個小人，只要能繼續見到妳就好。」

那一夜，我被梁祐承氣哭了，我氣到完全不知道該說什麼狠毒的話罵他，我痛恨爲什麼全天下女生這麼多，他偏偏喜歡上我，又利用了我的好朋友。

爲此，我對魏蔓宜總懷抱著愧疚，即使這件事不是我主導，也不是我能控制的，但起因是我，我責無旁貸。

「要是你敢害她傷心，我一定不會饒你！」

好幾次，在我們姊妹們的聚餐場合，只要逮到跟梁祐承的獨處機會，我便會一再強調這句話。

梁祐承跟我之間的曲折，我從來沒對第三個人說過，包括林誼靖。

我不說的原因很單純，我不想傷害魏蔓宜。

我知道魏蔓宜是眞的喜歡梁祐承，那喜歡的情緒太明顯，明顯到每次我看著她談論梁祐承時那滿心歡喜的笑意，以及眼裡閃爍的溫柔情意，我的心裡就充滿罪惡感。

所以，我盡量避免在她面前聊到梁祐承，而且會在她不經意提起他時巧妙地把話題引開。

後來林誼靖發現其中的異樣，她跑來問我，我仍堅決封口，什麼也沒說。

「妳不要跟我說妳其實在暗戀梁祐承喔！」林誼靖問不到答案，最後火大起來，指著我的鼻子，神色嚴肅地警告我，「他是魏蔓宜的男朋友，妳不要演出那種橫刀奪愛的戲碼喔，要是妳眞的這麼做，我絕對會跟妳翻臉，我說眞的！」

我啼笑皆非地看著林誼靖，心裡並不訝異她爲了保護魏蔓宜而情願跟我撕破臉的行徑，因爲這就是我所認識最重情重義的林誼靖。

「妳放心啦，我不是會跟自己好朋友搶男朋友的人，況且，梁祐承也不是我喜歡的類型，妳知道的。」

林誼靖認眞地看著我，大概想從我眼神和表情裡研判出我有沒有說謊。

最後，她拍拍我的肩，說：「我說這麼重的話妳不要生氣，我只是擔心魏蔓宜會受傷。」

「我知道，我了解。」

沉默片刻，林誼靖重重嘆了一口氣，語重心長地說：「妳啊，也該從過去那段感情裡走出來了吧？都多久的事了啊？沒見過比妳更死心眼的人了！不管那些時光再怎麼美好，或是妳再怎麼愛那個男人，過去了就是過去了，妳就算死守著，難道他會回頭？那段日子會再回來？不放手，就沒辦法往前走，不往前走，妳怎麼找到妳想要的幸福？」

林誼靖說這話的時候，我始終安靜著沒答腔，但鼻頭跟眼睛都酸酸的。

要是……這麼簡單就好了！

可惜愛情從來不是這麼簡單的事，不是說不愛了就眞的不會再想起，也不是說放手就眞的能不再回頭。

總是會捨不得啊！

畢竟曾經那麼快樂、那麼美好。

也許等到有一天，當我得了失憶症，這些痛、那些傷，就能眞的完全遺忘了吧。

也許。

更也許，會是一輩子都無法忘記的啊。

嚴格來說，我並不是不想從那段傷我很深的感情中走出來，但在這個世界上，有很多事其實是我們無能爲力的。

比如，喜歡一個人，或者遺忘一個人。

有的時候，我會強烈地希望自己失憶，忘掉那些甜蜜片段拼湊出來的回憶，忘掉那些信誓旦旦的承諾，忘掉那個只要我一想到，就讓我心臟彷彿被緊緊掐住而無法跳動的人。

但是，眞的沒辦法。

畢竟只要是曾經眞心過的，就很難輕易淡忘。

魏蔓宜問過我，爲什麼會這麼留戀那段感情，並一直迷戀那個人。他早就已經拋下我，去了另一個世界繼續幸福了。

「大概因爲那是我的初戀，而他又在我最愛他的時候決定轉身離開，我才會這麼放不下，也不願意接受他已經不愛我的事實。我沒辦法想像，明明是兩個人約定好要一起走的未來，爲什麼到最後只剩下我一個人在走……」我沮喪地回答。

一直到我們分開的第三年，我還會假裝不經意地從國小或國中同學那裡打聽到他的消息，知道他在大三那年和一個條件還不錯的女生交往，知道他對那個女生竭盡心力地好，知道他們兩個人一直幸福快樂著……我的心，就像被利刃剮出好幾個洞，每一道傷口都異常深沉地痛。

爲什麼可以跟他天長地久的人，不是我？

剛分手時，我曾經不只一次在心裡這麼吶喊著，也曾經不只一次，因爲忍不住眼淚而在林誼靖面前情緒崩潰。

「妳哭什麼？為了那種不值得的人浪費眼淚，值得嗎？」

得知我為什麼而哭，林誼靖一點也沒同情我，只用很憤慨的眼神瞪著我，再用十分殘酷無情的語氣冷冷地說。

「但我就是沒辦法啊，我沒辦法不喜歡他，沒辦法不去注意他的一舉一動，沒辦法不打聽他的消息……」我一把鼻涕一把眼淚地呢喃著。

「所以我說妳笨妳還不承認！」林誼靖粗魯地抽了幾張面紙，捏成一團塞進我手裡，「只有笨女人才會為男人哭，聰明的女人只會讓男人為她哭。」

「妳說的很有道理，我也很認同，只是……」我撥開那團面紙團，從裡面抽出一張，一面擦拭臉上的淚，一面抽抽噎噎地回答，「只是我就是沒辦法讓他為我哭，也沒辦法停止為他哭啊……」

是的，在這個世界上，有太多的事我無能為力。

就算我的愛情已經在半途叛逃，就算我想要的天長地久已經戛然止息，就算我愛的那個人已經找到他的幸福，我的想念與眼淚依然綿長，無止無盡。

也許有一天，我真的能夠忘記他，不過在那天來臨之前，這樣的傷心或許還會持續很長一段時間吧。

不管如何，在這個宇宙裡，畢竟沒有什麼是可以永恆的，包括謊言與真心，包括愛情與悲傷。

我的悲傷，在遇見另一個他之後，慢慢地被收伏了。

我在一間頗具規模的補習班擔任數學老師，成天跟一堆正值叛逆期的國中生混在一起，每天盯著他們在校的測驗成績，不厭其煩地叮嚀他們重點考題及該背的公式，提醒他們複習進度已經到哪裡了，每日的小考範圍有哪些……日復一日下來，我覺得我雖然還沒當媽媽，但已經像個媽媽一樣囉嗦了。

偶爾還要利用上課時間，對他們講解一些人生大道理，叮囑他們要珍惜父母對他們的愛，要用功讀書，不要辜負了父母的期待，或是提醒他們不要太早談戀愛，畢竟國中生的愛情，很不容易維持得長久的。

也大概是因為我在工作上花太多心力與講話時間，和林誼靖及魏蔓宜聚會時，我常常都是最安靜的那個人。

「喂，妳幹麼都不講話？身體不舒服嗎？」

每當她們兩個人嘰嘰呱呱地聊著天，而我卻開啓「靜音模式」時，魏蔓宜都會很敏銳地發現，然後體貼地詢問我。

「不要理她！她要不就是在想念她那段早夭的愛情，要不就是被那些正值叛逆期的國中生感染到陰陽怪氣的脾氣。」

林誼靖向來是不給我面子的，話也總是講得又嗆又辣。

相較於林誼靖的嗆辣，魏蔓宜就顯得溫和又溫暖得多，她總是會帶著鼓勵的微笑，拍拍我的肩膀，對我說：「加油」。

我不知道她要我在哪方面加油，是從失去愛情的傷心中復活，還是從每天被那些毛頭小子們氣到無力的無奈中重生。

但是不管如何，只要跟她們兩個人一起吃吃喝喝過後，我總是能得到一些繼續面對這個世界的勇氣。對我而言，林誼靖跟魏蔓宜就是我的氧氣、我的曙光。

一直到後來的這兩年，每當林誼靖又用這句話調侃我時，我才會老實不客氣地反擊，「才不是妳說的那樣！我也沒打算不從那段感情打擊裡復活過來，只是我遇不到好男人嘛！」

爲此，林誼靖三天兩頭說要幫我介紹男朋友，但總是被我以「我才不要用這種相親方式認識男生，那太造作了」爲由拒絕。

「跟妳說，我認識的那些男生，可都是貨眞價實的極品呢。」林誼靖認眞地說。

「極品妳不會自己跟他們交往就好，介紹給我幹麼？」

「妳傻了嗎？我是有男朋友的人耶，況且，我很專情的，妳別想鼓勵我劈腿喔！」

「我才沒打算鼓勵妳劈腿呢！只是覺得妳值得更好的，妳那個男朋友根本就配不上妳，妳跟他在一起算什麼？他是有家庭的人……」

「我才不管！」林誼靖揚起無懈可擊的完美笑容，說：「只要我跟他在一起快樂就好，反正我知道他愛我，我愛他，這就夠了，我也沒打算讓他老婆知道我的存在，更沒想過要破壞他的家庭。」

看著林誼靖自信又勇敢的面容，我卻覺得好悲哀。我跟她是同類的人，我是被愛情遺棄的人，她卻是被愛情選擇的人。

也許有一天，愛情不再選擇她時，她也會像我一樣，淪落爲被愛情拋棄的人。

由於我一再拒絕，林誼靖始終沒能如願地扮演「媒婆」這個角色，爲此，她還埋怨過我好幾次。

我其實也不是不想再多認識幾個男生，但我更相信「緣分」這兩個字。既然在這個世界上，有些事是我們無能爲力挽留的，那必然有些事會是我們無能爲力抗拒的。

緣分，就是我們無能爲力抗拒的其中一件事。

而我十分宿命地深信，我們會在某個既定的時間點來到這個世界上，必然是爲了要遇見自己生命中的那個人。

那個誰都無法取代的人。

所以，我一方面努力地忘卻那段美麗的初戀和我曾經深愛的人，更一方面安靜地等待自己生命中眞正的「他」出現。

即使是在最傷心的時刻，我也從不對這個世界失望。因爲林誼靖說過，就算這個世界再不完美，它終有美麗之處。

後來，我遇見了他，那個名叫蘇諺齊的男生。

因爲深知這個世界並不完美，所以我們才能擁有完美的微笑，和不敗的戰鬥力。

我對蘇諺齊的第一印象，談不上是好還是不好，反正我對他沒有偏見，也沒有特別喜歡，雖然林燕婷說他的外表看起來十分引人犯罪。

蘇諺齊來補習班之前，我就聽過同事們討論過他的事，聽說他是班主任利用關係向別間補習班商借調派過來短期支援的名師。那一陣子，補習班的營運狀況不是很好，陸續走了好幾位教師，也挖走了一批學生，班主任爲此很苦惱，成日唉聲嘆氣，後來有人跟他推薦蘇諺齊，他便利用自己的人脈，說服蘇諺齊來我們補習班幫忙。

蘇諺齊來的第一天，班主任開心到嘴角快裂到耳邊了，他把蘇諺齊帶到我面前，熱情地介紹我們認識時，我望著蘇諺齊笑得好看的臉龐，自己卻因爲大姨媽來搗亂，臉上擠不出半絲笑意，只是敷衍性質地朝他點點頭，想快點打發掉他們兩個人，回家躺在床上休息。

隔天，蘇諺齊請大家喝飲料，我謹守媽媽的教誨，堅決不在大姨媽來拜訪的日子裡喝任何冰涼的冷飲，於是婉拒了蘇諺齊的好意。

又隔幾天，蘇諺齊說他要請大家吃飯，還很有誠意地一一向同事們邀約，當他走到我面前時，我毫不猶豫地推辭掉這個聚會，因爲那天晚上我跟林誼靖她們約好了要一起吃飯。

我記得，當我向蘇諺齊搖頭拒絕時，他臉上的表情很挫敗，幾天後，在只剩我們兩個人的辦公室裡，林燕婷問我，是不是很討厭蘇諺齊。

「沒有啊。」

我頭也沒抬地埋頭在整疊測驗卷中，努力批改學生測驗卷上的答案。

林燕婷走到我身旁，拉了一把椅子坐下，雙手交疊放在我的桌子上，下巴抵著手，眼睛骨碌碌地盯著我瞧，又說：「但我感覺妳好像很討厭他。」

我迅速抬起頭瞄了她一眼，笑了笑，又繼續低頭批改測驗卷。

「妳的感覺向來是既遲鈍又不準確的。」我回答。

「那不然妳跟我說，妳到底爲什麼三番兩次拒絕他。」

「拒絕他？」我困惑地又抬起眼，認眞看著林燕婷，「我不懂妳在說什麼。」

「舉凡他請客的東西，妳一概不吃也不參與……有沒有這麼孤僻啊妳！」

「我哪有啊……」我喊冤。

「哪沒有？他請喝飲料妳拒絕，他請大家吃飯妳不去，昨天他請大家吃臭豆腐，妳只看了一眼就走掉……這不是擺明了妳看他不順眼嗎？」

我爲林燕婷將幻想眞實化的想像力深深折服，她來這裡教英文眞是太埋沒英才了，以她說故事的實力，她應該去教作文或是寫書什麼的。

「我……」本來開口想爲自己辯解什麼，但又覺得好像沒必要爲了一個不相干的人，努力解釋自己的種種行徑。於是最後只深深嘆了口氣，說：「算了，總之不是妳想的那樣啦。」

林燕婷當然不死心地想繼續追問，我卻打死不肯再開口說話了。被她纏了幾分鐘，我終於丟下手上的紅筆，站起身來，低頭看著林燕婷，她還趴在我桌上，兩顆眼睛死命盯著我。「小姐，妳今天不用幫學生上課嗎？」

「要啊，但時間應該……」林燕婷突然尖叫了一聲，急忙跑回自己的座位拿了桌上的講義，又奔過來叮囑我，「被妳害到都忘了時間啦！喂，妳今天要等我下課載我一程喔，我今天坐公車來的，沒交通工具可以回家，妳就委屈自己一下，充當我一個晚上的司機吧。」

「我可以拒絕嗎？」我笑嘻嘻地問。

林燕婷神態認真地回答我，「當然不可以！反正妳今天要載我回家就對了啦。」接著她又揚起一抹八卦意味十足的笑容，「我們可以在車上好好聊一聊，妳呢，也可以順便跟我說說妳心裡的祕密。」

「哪有什麼祕密！」

「一定有、肯定有、絕對有。」

「一定、肯定、絕對的是我沒有什麼妳想知道的祕密，倒是知道妳要是再不去上課，一定、肯定、絕對會被班主任唸到臭頭。」

林燕婷瞪了我一眼，怕我真的會放她鴿子，又叮嚀了一次，「要等我喔，不要自己偷偷跑掉了。」

「知道了啦。」我被她緊張兮兮的模樣逗笑，回答完又問她，「要不要喝點什麼？我等等要去買咖啡，順便幫妳帶一杯飲料回來，需要嗎？」

「幫我買一杯桂花烏龍，記得微冰微糖。」

「收到。」

聽見我的回答，林燕婷才終於肯乖乖去上她的英文課。

把批改好的測驗卷整理好收進抽屜後，我拎著零錢包慢慢走出辦公室，搭了電梯下樓，信步走在沒什麼行人的紅磚道上。

便利商店離補習班不遠，我算過，從補習班門口走到最近的一間便利商店，依我正常的走路步伐，大約走一百零九步就到了。

林燕婷喜歡喝的那間飲料店比較遠，我要走兩百五十三步才會到。

「妳眞的很無聊。」

有一次我把我算出來的步伐數字告訴林燕婷，結果換來她的白眼。

「妳一定是單身太久了，才會變得這麼不正常。」最後她下了這個結論。

這跟單不單身根本沒有關係，林燕婷卻常常喜歡將我有異於她的舉動，歸結於是我單身太久造成的。

先走去買了林燕婷想喝的桂花烏龍，我才折回便利商店買咖啡。

每天喝一杯咖啡的習慣，不知道是從什麼時候開始的，但習慣一旦養成，要戒掉就很難。

想念也是。

偶爾，我還是會很沒志氣地想念那個早已離我遠去的江瑞志，尤其是夜深人靜時，或者看見路上成雙成對的戀人時。

有一段時間，我甚至很想加入「情人去死去死團」，我不是憤世嫉俗，也不是嫉妒別人有溫暖的懷抱可以耍賴，我只是不喜歡那些張揚的幸福，不喜歡看見別人太甜蜜的笑容，不喜歡戀人之間眼眸輕易流洩而出的柔情蜜意。

那只會突顯我的形單影隻。

我不要被憐憫或同情，單身只是一種狀態，並不等於孤單。雖然，我不否認很多時候自己眞的很孤單。

但那又怎樣？

魏蔓宜說，緣分就像擋也擋不住的浪濤，當它決定襲擊你的時候，就算你有再強的武器、再好的裝備，依然沒辦法抵抗。

在便利商店等店員泡咖啡的片刻，正巧碰見蘇諺齊從便利商店門外走進來。他看見我，眼底和嘴邊瞬間揚起一抹溫暖笑意。我扯了扯嘴角，朝他點點頭招呼。

我要結帳時，蘇諺齊已經快手快腳地選好他要喝的飲料，和我一起站在收銀台前。

「一起算。」他對店員說。

「不用啦。」我禮貌性地朝他笑了笑，又對店員說：「分開算。」

「一起算啦，我請客。」

「不用！分開算，謝謝。」

「一起算！先前幾次都沒請到妳，這次妳就賣我一點面子吧。」

「分開算！」我又朝店員說了一聲，接著看向蘇諺齊，「一碼歸一碼，我自己要喝的咖啡我自己結帳，不用別人來負擔費用。」

在我們兩個人一來一往的「一起算」和「分開算」之中，便利商店店員非常無奈地看著我們，我猜想，她應該很想叫這兩個人乾脆到外面去打一架，再告訴她到底是要「一起算」還是「分開算」吧！

單身，其實是一種美好的狀態，但總要在你失去自由之身時，你才會知道它的好。

「所以後來你們到底是一起算還是分開算？」

送林燕婷回家的途中，我把早先在便利商店發生的情況告訴她。我明明說得雲淡風輕，林燕婷卻異常地興致勃勃，簡直把我們之間的事當成明星八卦一般。

「一起算。」我說。

「哇，妳終於決定要讓他請妳啦？」

瞄了林燕婷一眼，她眼睛睜得大大的，臉上的興奮笑容藏也藏不住。我淡然回應，「是我請他。」

「啊？為什麼？」

「因為這位仁兄忘了帶錢出去。」

「真的假的？」林燕婷誇張大叫，「他會不會太搞笑了一點？哪有人嚷著要請客，結果自己忘了帶錢的？」

頓了頓，林燕婷又若有所思地說：「不過，我懷疑蘇諺齊是故意的！」

「怎麼說？」我問。

「妳看嘛，之前有好幾次他要請客，都碰上妳軟釘子，說不定他早就覺得妳這女生難搞又難相處，因而對妳懷恨在心，所以這次抓到機會，決定好好整整妳，故意說自己沒帶錢，好讓妳連同他的飲料費用一起付了。既然妳都不讓他請客，他就逮住機會趁機讓妳掏錢請他一次囉。」

「妳的思想真邪惡！」我瞪了林燕婷一眼，「他是真的沒帶錢啦！我看他在身上所有的口袋裡全摸過一次了，只掏出幾個一塊錢來，才不是妳講的那樣。再說，他要整我，讓我掏錢請他吃東西，不會拿貴一點的嗎？拿一瓶不到三十元的飲料，又是整到我什麼了？」

「妳這麼說好像也有點道理。」林燕婷點點頭，一副頗同意我說法的模樣，「不過他這樣真的是太扯了啦！出門不帶錢，有夠瞎的。」

「我出門太匆忙時，偶爾也會忘了帶錢啊。」我很自然地接腔。

林燕婷先是「咦」了一聲，接著便安靜下來，睜大眼盯著我看。

「幹麼？」我被她怪異的眼光盯得全身寒毛都快豎立站好了，便一手握住方向盤，一手朝她眼睛的方向遮過去。「妳幹麼這樣看我啦？看得我雞皮疙瘩都起來了！」

林燕婷一掌打掉我伸過去要遮她眼睛的手，「又不是第一次這樣被我盯著看，心虛什麼？還是……妳心裡有鬼？快說！妳跟蘇諺齊是不是有什麼我不知道的進展？」

「有什麼鬼啊？」我失笑，「喂，真不是我要說妳，妳這個人有時候真的會犯『想像力太豐富』的毛病，妳要不要考慮去寫個小說什麼的？我有個朋友是在寫小說跟劇本的，有空我介紹妳們認識一下，妳可以順便請教她怎麼寫小說，賺點外快。」

「不需要！」林燕婷直截了當地拒絕我，又說：「我才不是想像力太豐富呢！明明就是妳自己太奇怪，今天一直在幫蘇諺齊講話。」

「我哪有？」

「有！」

「我不過就是實話實說，哪有幫他說話？」

林燕婷拍拍我的肩，笑咪咪地說：「其實這種事也沒有什麼好否認或爭辯的，反正不管怎麼樣，要是妳跟他有任何好的進展，我一定會拿出破表的祝福，衷心期待，然後樂觀其成。」

我瞪了她一眼，「妳瘋了嗎？」

結果，林燕婷沒有瘋，快被搞瘋的是我！

因爲，接下來幾天，我桌上都會出現一杯不加糖的熱拿鐵。

「哎唷，有愛慕者喔？」

第一天，我盯著自己桌上那杯來歷不明的熱拿鐵，心裡不斷臆測到底是誰放的，正懷疑是不是有人不小心放錯時，那個唯恐我一不小心會成爲台灣剩女之一的林燕婷出現，神不知鬼不覺地迅速來到我身旁，用曖昧兼八卦的口吻問我，「快說！是誰？」

「我哪知道啊！」我也一頭霧水。

「少來！快說快說，是哪個追求者？」

「我眞的不知道啊。」林小姐，我也很想知道是誰，好嗎？

林燕婷看看我，又看看那杯拿鐵，認眞地問我，「要不要調監視錄影帶出來看？」

「妳神經病啊！不過就是一杯咖啡，也需要調監視錄影帶？大不了就是等其他老師們下課時，再問問是不是有人不小心放錯就好了嘛！」

結果，問了幾個老師，都沒人知道那杯咖啡是誰放的。

「管他是誰放的，反正妳就大方一點，把它喝了吧。」

下班時間，我們還找不到放咖啡在我桌上的神祕人物，林燕婷望著我桌上的咖啡，說出了一個提議。

「我才不要。」我斷然拒絕。

「那不是妳最愛的拿鐵？」

「即使是最愛，也要有所堅持。」

最後，那杯已經冷掉的拿鐵，被我倒進馬桶沖走，下場淒涼。

第二天，我才剛踏進辦公室，就接收到同事們擠眉弄眼的怪異神情。

「喂，今天又一杯喔，妳眞的在走桃花運耶。」

不怕死的林燕婷一見我走到自己的辦公桌前，雙腳便往她的桌腳一蹬，連同電腦椅一起滑到我身旁，笑得無比燦爛。

我瞪著桌上那杯我再熟悉不過的便利商店咖啡杯，心裡有些不爽！

就算是惡作劇，也該有所節制吧？用一杯咖啡，讓我變成所有同事茶餘飯後的話題，這樣的手法眞的很惡質。

「林燕婷，妳幫我拿去倒進廁所馬桶裡沖掉。」

我在幾雙錯愕的眼神中，非常豪氣地抓起放在我桌上的那杯咖啡，遞到林燕婷面前。

「爲什麼是我？」林燕婷睜大雙眼，拔高音量。

「因爲妳是我的麻吉。」

「那我從現在開始要跟妳絕交，當妳的麻吉一點福利都沒有，還要幫妳清理妳不要的垃圾……」

林燕婷一邊抱怨，一邊還是乖乖接過我向她遞去的咖啡，認命地往廁所方向移動。

當然，林燕婷不爽歸不爽，倒還不至於眞的爲了我叫她幫我倒咖啡這種小事而跟我絕交。

不過，這個天蠍座的女人也沒有那麼輕易放過我，她要我連續三天下班載她回家。

「沒辦法，我的車有點問題，進廠全身健康檢查去了，所以妳這幾天委屈一點，就負責送我下班吧！上班我會自己坐公車來，妳不必爲我擔心。」林燕婷說。

「我才不會擔心妳！」

「那妳幹麼皺著眉頭？」

「因為我開始考慮跟妳絕交。當妳的麻吉一點福利都沒有，還要常常當妳的免費司機……」

所以，不管是咖啡或感情，只要不是我自己選擇的，再好的，我也不要。

這樣荒謬的情形持續到第四天，送咖啡的凶手依然下落不明，我卻被搞到情緒快爆炸了。

每天，我仍習慣性地去便利商店買一杯自己要喝的熱拿鐵，而「藏鏡人」天天送來的咖啡，下場永遠是倒進廁所馬桶，沖走。

「多浪費啊！那是妳最愛的拿鐵耶。」

林燕婷看著被我倒進馬桶裡的拿鐵，無限唏噓地說。

「妳捨不得的話，可以拿去喝啊。」我晃晃手中的空紙杯。

「誰捨不得啊？我只是覺得妳辜負了藏鏡人的好意。人家買咖啡來巴結妳，結果下場是這樣……」

「誰叫他當藏鏡人的？不過就是杯咖啡嘛，有必要這麼偷偷摸摸地送？害我變成大家茶餘飯後的話題，眞過分！」我憤憤不平。

「先搞點神祕，讓妳有所期待，等妳習慣這樣的把戲，他再現身和妳談一場甜蜜蜜的愛情，妳不覺得這樣很浪漫？」

林燕婷邊說還邊雙掌貼合，放在臉頰邊，側著頭，一副好像陷入戀愛的噁心表情。

「不是浪漫，是浪費！」我說：「花錢去投資一段一定不會成功的戀愛，還白白惹人嫌，只讓我覺得這位藏鏡人很笨。」

「妳又知道這是一段一定不會成功的戀愛？」

「我當然知道。」我把紙杯拿到洗手檯，用清水稍微沖洗一下，丟進紙類回收桶，接著說：「因爲我是當事人。」

「妳總不會想絕緣一輩子吧？」林燕婷戳戳我的肩膀，一臉認眞地問。

「在遇到足以讓我對前一段感情釋懷的人之前，我應該會繼續當個絕緣體吧。」

「妳眞是個……神經病耶！要不要我立一座貞節牌坊給妳？有人像妳這麼笨的嗎？妳不給別人機會，怎麼知道能不能對前一段感情釋懷？」

我不回應林燕婷的話，用洗手乳洗了手後，就安靜地走回辦公室，拿出已經整理好的講義及重點整理，打算等一下發給我帶的班級學生。

林燕婷又追出來，站在我身旁，看著雙手忙碌地整理講義的我，「不然我去幫妳問問蘇諺齊，看咖啡是不是他買的，我覺得他的嫌疑最大。」

蘇諺齊雖然跟我們在同一個補習班，不過我們是在總部授課，他則是在隔了一條街的二部上課，所以我們的辦公室不在同一棟樓。

「無聊！是他買的又怎樣？反正下場就是被倒掉，是誰買的都沒差了啦！他有錢想買咖啡請客，那就讓他買吧，我無所謂了。」

我說的當然是氣話，怎麼可能無所謂嘛！我都變成人家的八卦主角了，這輩子我還沒這麼丟臉過呢，我恨死那位「藏鏡人」了！

「妳無所謂，我可是有所謂喔！反正，我就是對這件事非常好奇，很想知道到底是誰這麼有耐心，天天送妳咖啡喝。如果對方眞的是蘇諺齊，那我一定舉雙手雙腳贊成，還要幫他加油打氣。」

「妳到底是不是我的麻吉啊？」我沒好氣地瞪著她。

「麻吉也是會倒戈呀，尤其是在帥哥面前，情義是不存在的東西啊！」林燕婷拍拍我的肩，語重心長地說：「相信我！我這麼做，都是爲了妳幸福的將來著想啊。」

想到講出這種話的人居然是我的好友，我忍不住就想嘆氣，唉！

結果林燕婷眞的興致勃勃地跑去二部問蘇諺齊，而蘇諺齊則在我快下班時，跑來向我道歉。

「眞的很抱歉，我不知道一杯咖啡會惹來這麼多麻煩，對不起。」

「不是一杯，是四杯！」

雖然蘇諺齊說得誠心誠意，但看著他那張充滿歉意的笑臉，我還是忍不住生氣了。

我頓了頓，又問：「你爲什麼要做這種無聊的事？」

「相信我，我眞的不是故意害妳出糗的，我只是很感謝妳那天在便利商店幫我解圍，那時我說事後要還錢給妳，妳態度很堅絕地說不用我還錢，我怕自己堅持下去妳會不高興，只好決定每天請妳喝一杯咖啡，可是我不知道我這樣做竟然造成妳更大的困擾，眞的很……對不起。」

我十分無言，不知道這個蘇諺齊到底是單純還是愚蠢。我雖然態度堅絕地叫他不用還我錢，但要是他眞的拿錢來還我，我怎麼可能眞的翻臉？再怎麼樣，也好過他每天一杯咖啡，讓我變成大家八卦話題的主角強吧！

「我眞的很抱歉，請妳一定要原諒我！」他還在道歉。

我沒轍了，看著他，雖然滿肚子的怒火，也總還有一絲理智在，再怎麼說，他也是無心的，我如果跟他計較，未免也顯得太小鼻子小眼睛了。

「算了啦，你以後別再這樣就好了，這件事就到此爲止吧。」

我一面說，一面整理自己的桌面，把該放進抽屜的文具全收到抽屜裡，上課講義及學生寫好的測驗卷則放進我隨身背著的大包包裡。

「所以……妳原諒我了嗎？」

看了一眼蘇諺齊那張喜出望外的臉，我突然覺得林燕婷說得一點都沒錯，這個男生笑起來的樣子眞的很陽光，娃娃臉看起來就像大學生一樣，充滿學生氣質，外型很吸引人。

難怪他才來補習班沒多久，就有一堆死忠的學生妹粉絲團。

「也沒什麼好不原諒的，反正你記著，以後別再做出這種會造成我困擾的事情就好了。」

「太好了！謝謝妳的大人大量，那我明天請妳喝咖啡，好嗎？」

蘇諺齊話才說完，便接收到我凶惡的目光。他連忙手腳慌亂地解釋，「我、我是說，明天我可以請妳到正式的咖啡店喝咖啡嗎？不是便利商店的那種……」

「不可以。」

「啊？」

「我不跟陌生人喝咖啡，也請你以後不要再做無聊的事。」

說完，在蘇諺齊一臉錯愕的表情及注視中，我毫不留情面地拿起我的包包，板著一張冷酷的臉，十分帥氣地走出辦公室。

「林燕婷，不要躲在那裡偷看，要回家就趕快跟上來，再慢吞吞的妳就自己坐公車回家好了。」

踏出辦公室那一瞬間，我頭也不回地大聲喊著。然後我聽見林燕婷慌亂地回應，「好啦，妳等我一下下嘛，我還沒整理好啦……喂，妳走慢一點啦，妳這樣搞得我好緊張喔，等我一下啦！」

偶爾的軟弱並不是認輸，它是讓我們蛻變得更堅強的過程。

「妳剛才真的……很酷。」

在車上，我沉著臉，不發一語，正專心地開著車。

林誼靖說過，我板著一張臉不說話時，比我生氣破口大罵更可怕幾百萬倍。

所以我相信，我現在的表情一定十分嚇人，否則向來有話直說的林燕婷不會在一分鐘內偷看我十幾次，最後還用怯懦的聲音小聲打破我們之間的沉默。

我看了她一眼，淡淡地說：「我知道。」

停頓了幾秒鐘，林燕婷深吸了一口氣後，我聽見她依然用低如蚊鳴的聲音問：「妳在生我的氣嗎？」

「我幹麼生妳的氣？」

「因為、因為……我……沒聽妳的話，跑去問蘇諺齊關於妳桌上那些莫名其妙的咖啡的事……」

「我不會為了這種小事生妳的氣，沒必要。」

一聽見我沒有直接宣判死刑，林燕婷的聲音果然馬上恢復生氣，「所以我們還是麻吉嗎？」

我轉頭瞪了她一眼，「妳一定要問這麼幼稚的問題嗎？」

「我是認真的。」林燕婷眨著無辜的眼睛，「人家真的很怕妳生氣不理我嘛。」

有的時候，林燕婷真的像個小孩子，總是能夠那麼輕易又自然地向身旁的人撒嬌，讓人完全對她使不起性子來。

「好啦好啦，是麻吉、是麻吉，一輩子的，好不好？」

我無奈地妥協了，非常沒力地喃喃著。

林燕婷開心地低呼一聲「耶」，然後打開她的包包拿出一個麵包，撕開包裝袋大大地咬了一口，揚著含糊不清的聲音對我說：「心情一放鬆，肚子就餓了，妳餓不餓？來，分妳咬一口。」

我看了那個被她咬出一口大大彎月形缺口的麵包，搖頭說：「妳吃就好，我不餓。」

「心情不好，其實吃點東西心情就會變好了，眞的。」

「我沒有心情不好。」我強調。

「是嗎？」林燕婷又轉頭瞅著我看了幾秒鐘，「好嘛，眞的是我的錯，對不起嘛，我下次一定不會再這樣子了，眞的眞的，我發誓。」

「我又沒指責妳什麼。」

林燕婷揚著委屈的聲音說：「可是妳的表情看起來好像在生我的氣。」

「我沒有！」我的聲音高了幾度，再次強調，「我只是累了，不想講話而已。」

林燕婷又安靜地看了我幾秒，才說：「好吧！那我就把麵包吃掉了喔。妳確定妳不吃嗎？這是妳最喜歡的奶酥麵包唷。」

「我確定不吃，妳請慢用吧。」

送林燕婷回家後，我才開車往我家的方向走。半路上，我接到林誼靖的電話。

「妳在哪？」林誼靖連客套的招呼都直接省略了，開門見山地問完，也不等我回答就自顧自地說下去，「出來吃點消夜吧！我也約了魏蔓宜，好說歹說她才願意拋棄她的電腦，奔向我們的懷抱。妳一定要到，不然我會邊吃消夜邊跟魏蔓宜講妳的壞話唷。」

我早就習慣林誼靖幼稚的威脅，笑著說：「好啦，在哪裡會合？」

林誼靖報完地點，又叮嚀了一句，「快點到喔，不然，等等菜一上桌我們就直接開動，不等妳啦。」

「知道了知道了。」

按下通話結束鍵，我唇邊的笑意怎麼也止不住，心情也瞬間變好。原來，與老朋友見面真的有療傷的功能。我開始期待聽到林誼靖幼稚的說話內容，以及看見魏蔓宜總是微笑的臉龐。

抵達我們相約的地點時，林誼靖跟魏蔓宜早就坐在角落的座位上，魏蔓宜眼尖地瞧見我站在店門口朝店內四處張望，連忙對我揮手。

「哇，妳們真的這麼餓？也叫太多東西了吧！」

我望著滿桌的食物驚呼，這下子不胖也很難了！

「我晚餐沒吃，肚子餓死了。」林誼靖夾了顆小籠包往嘴裡塞，又拍拍她身旁的椅子要我坐下，嘴裡還含糊不清地說：「魏蔓宜最近在趕劇本，大概又是有一餐沒一餐地過日子，所以乾脆今天我們就來好好補一下，吃個痛快。」

「叫這麼多東西，也太痛快了吧！」我笑著反諷回去。

才拉開椅子剛坐下，魏蔓宜就把一盤蘿蔔糕推到我面前，揚著笑容，「來，這個是妳喜歡吃的。」

吃了美食，心情果然會變好。我們三個人邊聊邊笑邊吃，好像回到學生時代，日子很簡單，心情很純粹，沒什麼大不了的事能令我們煩躁，即使偶爾有小小的煩惱，也總是稍縱即逝，從來不會困擾我們太久。

可是，這樣的單純，在出了社會後就不復存在了。

在這個社會上生存，有太多令人難堪又抗拒不了的事，層層疊疊，堆積成生命裡的苦澀，拋不掉也丟不開，於是日復一日，慢慢地，在不知不覺中，我們也失去曾有的純眞和堅持的夢想，逐漸變得市儈，變成自己曾經看不起的那種人。

在我們正聊著最近很熱門的某明星八卦新聞時，林誼靖的男朋友打電話來，林誼靖拿著手機毫不避諱地在我和魏蔓宜面前曬恩愛，眉眼和唇角間全是笑，一副戀愛眞美好的幸福模樣。

她把自己的行蹤鉅細靡遺地向男朋友報告，連我們桌上的食物也一一唱名，還報上魏蔓宜跟我的名字，讓她男朋友知道她跟誰在一起。

「有沒有這麼誇張？」林誼靖結束通話後，我忍不住誇張地大叫，「林誼靖妳變了！妳都不像妳啦。」

「我是變了啊。」林誼靖笑得甜蜜美滿，「妳不覺得我變得又美麗又有女人味了嗎？這一切都是拜戀愛所賜，因爲我遇到一個好男人了嘛。」

我和魏蔓宜互看了一眼，魏蔓宜偷偷朝我聳肩眨眼，好像早就習慣林誼靖這種洋溢幸福的放閃行爲。

「喂，我們三個人就只剩妳還沒有對象，我覺得妳眞的要趕快找個人好好談一場戀愛，不要再沉溺在過去那段感情裡了啦。」

林誼靖雙手撐著下巴，認眞地看著我說。

「好對象哪有這麼容易出現？」我喝了一口紅茶，繼續說：「又不是在菜市場買菜買魚，成堆成堆放在那裡任你挑選。感情這種事就是要靠緣分跟運氣，我的緣分還沒來，愛情運也不好，所以才會到現在還孤家寡人一個嘛。」

「如果妳不要把每個想追妳的人都拿來跟妳的前男友比，也許現在早就有溫暖的肩膀可以依靠了。」林誼靖說著，就看了看魏蔓宜一眼，問她，「魏蔓宜，妳那時是怎麼說的？要忘掉一個人，就是直接讓另一個人住進心上，對吧？」

魏蔓宜點頭，淡淡地說：「對！直接展開一段新感情，是忘掉舊感情最迅速有效的方法。」

我當然知道這道理，只是，我還沒遇到一個能令我甘心讓他住進我心裡的人。

不是我不願意，而是遇不到！

如果可以，我也想拋開一切，好好地去愛一個人，狂妄地、固執地、瘋顛地，放手去愛。

但是，人好像到了某種年紀，顧忌的事情變多了，就很難再那麼單純地談一段戀愛。大概是因爲太害怕再受傷或失望，所以變得小心翼翼，不敢再放手勇敢地愛。即使是遇到有些心動的對象，也總是習慣觀察再觀察，試圖從對方的言行舉止間找出與自己適合或不適合的點點滴滴。

「以前年輕的時候什麼都沒有，卻擁有瘋狂去愛一個人的無限勇氣。現在年紀大了一些，生活不再有任何匱乏，反倒失去了勇敢去愛的決心……」

最後，我嘆著氣，輕輕說著。

每個人都一定在某個人心中有著特殊的定位，獨一無二、無可取代。

第二章．

我常常會回想過去，想起那些幸福而美好的時光。然而，我卻不肯再回到過去了，因爲不想從頭再來一次。

或許，我已經過了可以承受那種嚴重悲傷的年紀了吧。

蘇諺齊其實並不是個不好相處的人，而我，也不是別人口中所謂那種有「公主病」的女生，但我和他，就是傳說中「八字不合」的典型代表。

坐在餐廳吃飯時，我隨口跟林燕婷聊起我感覺自己跟蘇諺齊八字不合的事。

「什麼八字不合？」

林燕婷完全無法苟同，她撇了撇嘴角，接著說：「明明就是妳自己對人家有意見，難搞又不好溝通，我看蘇諺齊倒是很有誠意，妳對他不理不睬又老是臭著一張臉，人家看到妳，還不都是笑嘻嘻地打招呼？」

「誰知道他安著什麼心。」

「就安著一顆單純善良的心，把這世界上的人全當好人，偏偏遇到妳這個難搞又壞心腸的傢伙。」

我拿起手上的叉子，瞪大眼看著林燕婷，威脅她，「妳再幫他說話，信不信我馬上把叉子叉進妳的嘴巴，讓妳的嘴腫成香腸嘴！」

林燕婷馬上用雙手摀住她的嘴，聲音從她的指縫間傳出來，「我應該把妳這副凶神惡煞的表情拍下來的。前幾天，林老師他們幾個人還在說，全補習班裡最有氣質、最溫柔的女老師就非妳莫屬了。我要是把妳現在這樣子公布給他們看，包準他們再也不相信世界上的女生。」

見我又晃了晃手上的叉子，林燕婷才不情不願地乖乖噤聲。

我們之間的和平氣氛才維持了幾分鐘，那個引起我跟林燕婷差點恩斷義絕的蘇諺齊，居然就這樣莫名其妙地出現在餐廳門口。

「喂，我懷疑他身上肯定裝了某種特殊的GPS，專門用來搜尋妳的位置的。不然我們最近怎麼會老是好巧地在任何場合都會遇到他？」

林燕婷一瞥見正從餐廳門口推門而入的蘇諺齊時，連忙推推我的手肘低聲說。

「快點低頭。」我回頭看了一眼，連忙把頭壓得低低的，鼻子幾乎都快碰到自己餐盤裡的菜了。然後再用低到近乎氣音的聲音說：「不要讓他發現我們啦。」

林燕婷聽話照辦，但蘇諺齊身上好像真的裝了GPS，他很快就走到我們身邊，笑著說：「嘿，好巧啊！妳們也來這裡吃飯？」

我挫敗地坐正，對他露出敷衍的微笑，還在琢磨要說什麼客套話，林燕婷就搶先出聲，「呵呵，是啊，這裡的咖哩飯超好吃，沈老師三天兩頭就會嘴饞想來吃一次。」

啊，妳死定了！林燕婷！

一接收到我目露凶光的眼神，林燕婷露出一副「我說實話也不行嗎」的無辜表情，看得我更想海扁她一頓。

「正好，我也是聽班主任跟我推薦這裡的咖哩飯才來的，我們果然有志一同。」

有志你個大頭鬼！誰想跟你一同啊？

看見蘇諺齊眉開眼笑的表情，我立刻決定把咖哩飯從我的美食排行榜裡剔除，這間餐廳也從此列入黑名單，再也不要走進來，以免不小心卡到衰神。

蘇諺齊抬頭環顧餐廳一圈後，又揚著笑容說：「這間餐廳生意眞好，班主任早交代我要早一點來，以免沒位置坐，我還以爲他誇張了，下課就先幫幾個早到的學生複習一下數學，沒想到還眞的全沒位置了。」

我聽他說著，心中警鈴瞬間大響，連忙用眼神暗示林燕婷千萬別再多事，才一頓飯的時間，不要接二連三挑戰我的耐性。

但林燕婷完全像眼睛瞎掉一樣，根本連看也不看我，急得我還用腳在桌子底下踢她，她卻完全無動於衷，只顧著對蘇諺齊微笑。

她一定是故意的！我覺得。

「所以，妳們介不介意我跟妳們一起坐？」

心中的警鈴還在大響，蘇諺齊就接著這樣說，還附贈一臉帥氣又溫柔的微笑。

「喔，當然……」

林燕婷滿臉燦笑，我知道她想回答什麼，於是我連忙截斷她的話，接著說下去，「很介意。」

我看見林燕婷像突然像踩到大便的錯愕表情，也瞥見蘇諺齊臉上微微僵住的笑意，心中有很微妙的感受，一種報復的快感油然而生。

「老實說，林老師今天心情不太好，我正在聽她訴苦說心事，蘇老師，你在這裡恐怕不方便……」

我神態自若，彷彿眞有這麼一回事地說著，而坐在我對面的林燕婷沒想到我會突然來這一招，只好配合演戲陪笑，忙點了好幾次頭，又說了幾句「抱歉」跟「對不起」之類的話。

蘇諺齊也不爲難我們，很有風度地微笑，說：「沒關係沒關係，反正我可以打包回辦公室吃，妳們繼續聊，慢慢吃，打擾到妳們眞的很不好意思。」

蘇諺齊離開後，林燕婷連忙毫不留情地用腳踢了我一下。這一腳，好死不死剛好踢在我的小腿骨，痛得我眼淚都快飆出來了。

「林燕婷，妳瘋啦？很痛耶。」我低聲叫著。

「妳才瘋了！」林燕婷不甘示弱地瞪著我，「我哪有心情不好啊？妳幹麼要說謊支開蘇諺齊？說謊是爲人師表該有的行爲嗎？」

「我就是不想跟他同桌吃飯嘛。」我爲自己辯駁，「跟他一起吃飯我會倒胃口。」

「人家又沒對妳怎麼樣！我眞搞不懂妳，妳爲什麼偏偏要這樣仇視他？如果他追妳，妳討厭他，那至少還說得過去，可是現在問題是人家又沒說要追妳，不過送了幾杯咖啡，妳就排斥人家排斥成這樣，眞的很莫名其妙耶。」

林燕婷火大起來，嘴巴就像機關槍一樣不停掃射，而且槍槍命中要害。

我被林燕婷的話堵得啞口無言，覺得自己好像眞的過分了些，爲什麼要排擠一個新來的老師？說實話，他眞的沒有對我怎樣，不過就是表錯情地送了幾杯咖啡請我喝，讓我被其他同事誤會。但人家事後也道歉了，我怎麼偏偏這麼小心眼，不肯放開心胸原諒他呢？

我突然覺得自己很幼稚。

我也知道林燕婷這個人最討厭別人撒謊還拖她下水，一般情況下，她都可以對朋友情義相挺，但我剛才的行爲卻犯了她的大忌。

「對不起啦，林燕婷。」我認眞且鄭重地道歉，「我承認自己眞的很小心眼，還無端拖妳下水陪我說謊，但我保證不會再有下一次了，眞的。」

林燕婷臉色很冷淡地瞪了我一眼，低下頭舀了一口她餐盤裡的飯送進嘴裡，一句話也不說。

我有些尷尬地看著她，不知道該怎麼辦，面對生氣的人我最沒有辦法了，除了道歉，我根本什麼事也不會做，說學逗唱樣樣不行。

氣氛有些僵，這不是林燕婷第一次對我生氣，卻是她火氣最大的一次。

心裡還斟酌著到底要不要再第二次道歉時，林燕婷忽然用筷子夾了幾塊青椒丟進我盤子裡，語氣依然不見任何溫度地說：「吃掉，我就原諒妳。」

她一定是故意的！我肯定。

林燕婷知道我最怕吃青椒，雖然她曾經一再地說青椒有多好吃、多營養，對身體多好，但我就是沒有辦法克服青椒的味道。

捏住鼻子深吸了幾口氣後，我終於鼓起全部的勇氣，把盤子裡的青椒全夾進嘴裡。

「要咀嚼五十下才可以吞下去。」

在我打算一口氣把青椒全直接吞下肚時，鐵面林燕婷的聲音突然這麼說道。

她才不理會我瞪她的眼神，只露出勢在必得的詭異笑意。

我幾乎是憋著氣，迅速地咀嚼五十下，又快速地把那噁心的青椒吞進肚子裡，再連灌好幾口水。

「很好，這樣妳的身體應該會健康一些些，也才有力氣繼續跟我吵架。」林燕婷衝著我笑，「怎麼樣？青椒的味道其實還不錯吧？」

「不錯才有鬼。」我還是覺得滿肚子都是青椒味，連忙又拿起桌上的水杯咕嚕咕嚕地喝了好幾口，皺緊眉頭，「臭死了！」

林燕婷只是得意地笑著，不再說話。但我知道，我們的戰爭結束了。

年紀越大，眼淚卻變得少了。不是沒有悲傷，而是學會壓抑，不再隨心所欲。

我開始試著不再用特殊心態看待蘇諺齊，努力地不去討厭他。

本來我以為這件事不簡單，畢竟人都有先入為主的習性。但認真嘗試後，我才發現，其實他好像也不是那麼討人厭。

至少，在每次我看到他時，他總是笑著的。不管是跟學生打招呼或是跟同事聊天，他一張臉永遠都是笑笑的，好像沒什麼煩惱一般。

雖然我已經努力不去討厭他，但不代表我會刻意接近他。我讓自己跟他之間形成兩條平行線，盡量不讓他的人生跟我的世界有機會觸碰。

這種下意識的躲避，其實說明我還是沒辦法完全敞開心懷接納他。

魏蔓宜打電話約我吃飯時，我正在送林燕婷回家的路上。跟魏蔓宜愉快地約好時間地點後，我心情大好的模樣引起林燕婷好奇。

「妳幹麼？交男朋友啦？接完電話就眉開眼笑的。怎樣怎樣？是誰？我認識嗎？我聽到妳說星期五要去吃飯，怎樣？給不給跟啊？」

林燕婷越問越興奮，睜圓了雙眼，好奇又八卦地看著我，整個人簡直要從副駕駛座撲到我身上來。

「沒有啦，是我同學約我吃飯。」

「喔？是男同學吧！」林燕婷瞇起眼，笑得有些邪惡，「快說快說，是什麼時期的男同學啊？國小、國中、高中，還是大學？」

「是女生啦！」我無力地瞪她一眼，「拜託妳想像力不要這麼豐富好不好？不過是聽見我跟人家約吃飯，就能生出這麼多聯想，我真的覺得妳可以去寫小說了。」

聽見我的回答，林燕婷有些失望，她喃喃著，「原來妳改口味啦！被刺激到連女生也接受了……」

「喂！」我聞聲大叫，「我不是同性戀！」

林燕婷敷衍地揮揮手，說：「好啦好啦，我知道了……」

「我眞的不是！」我鄭重地宣布。

「知道了啦。」林燕婷「嘖」了一聲，又瞥了我一眼，「妳眞該去交個男朋友了，妳看妳單身這麼久，連幽默感都沒了，我不過只開個玩笑，妳居然認眞成這樣……」

「妳自己還不是沒有男朋友！」

「我至少不像妳連玩笑話都當眞，適當的幽默感我還是有的。」

林燕婷最讓我受不了的是，不管在我身上發生什麼事，她都能牽扯到我沒交男朋友這件事上。

「我每天都被妳拖住，送妳下班，哪有什麼時間交男朋友？」要牽拖誰不會？不過就是比比看誰的嘴夠壞、夠厲害罷了。我瞄她一眼，「說到這個，妳的車到底要進廠健康檢查到什麼時候啊？哪有人維修這麼久的，都兩個星期了。」

「我就忙嘛，一直沒空去把車子開回來。我哥說他這兩天比較有空，會幫我去保養廠把車子開回來嘛。」

「妳哪有在忙什麼？一聽就知道這是妳懶惰的藉口。」我趁機吐槽她，「而且妳那個保養廠也未免對妳太好了，居然願意讓妳把車子放在廠裡那麼久。」

「是我哥的同學開的保養廠啦，上次不是跟妳說過了？我說過的話妳都不放在心上，我好傷心喔，嗚嗚嗚……」

看林燕婷假裝傷心地掩著臉假哭，老實說，我眞的還滿想一腳踹飛她。這麼愛演，怎麼不去報名演員訓練班？

雖然老是動不動就跟林燕婷鬥嘴吵鬧，其實我很謝謝她總是把我的世界弄得這麼吵。因爲吵，所以我有時會忘了寂寞，忘了身旁少了一個陪伴的人，當然偶爾會很想有個肩膀可以依靠，但因爲有林燕婷的相伴，「找一雙溫暖雙手」的念頭，彷彿也變得不再那麼迫切了。

爲了跟魏蔓宜開心地吃一頓飯，我特地排了一天休假，一整天都很期待晚上的時間快點到。本來希望林誼靖也一起來，但她說公司最近在趕一個案子，她已經爲了這個案子好幾個晚上沒有好好睡，現在只想趕快把案子做完，再睡到天荒地老、海枯石爛。

所以魏蔓宜跟我不再勉強她，只告訴她，等她案子做完，休息夠了，我們就花錢請她去吃大餐，地點隨她挑。那傢伙在電話裡又叫又嚷，說我們兩個人是全世界最好的朋友，難怪她會認定我們是她一輩子的死黨兼換帖。

我比約定的時間早到半個小時，坐在餐廳裡，我一面喝著請服務生先幫我送上來的咖啡，一面玩手機遊戲等著魏蔓宜來。

等著等著，早過了約定的時間，魏蔓宜還沒來。打她家電話她沒接，才打算要打她的手機，我的手機就自動關機，正式宣告電力耗盡，直接陣亡。

偏偏我充電器又沒帶，沒辦法救活我的手機，只能怔怔望著手上早已耗盡電力的手機，開始焦躁不安，擔心魏蔓宜會不會是在赴約的途中發生了什麼事。

她雖然偶爾會比約會的時間晚到，可是從來不會遲到太久，這次她卻已經遲到快一個鐘頭了。

我不斷望向餐廳門口，希望下一秒就能看見魏蔓宜的身影走進餐廳，滿臉笑意地朝我跑來，雙手合十地撒嬌哀求我原諒她，說她不是故意遲到，只是路上塞車，或是寫稿太累不小心睡過頭了……

我一次又一次地張望著，推門而入的人都不是她。

我開始考慮要不要直接衝去魏蔓宜家，看看她是不是眞的睡過頭，或是乾脆鼓起勇氣向隔壁桌的客人借手機，打電話給她，確認她一切安好無事。

正猶豫著到底要怎麼做，門口突然出現一個熟悉的身影，他很快地發現我，然後朝我走過來。

「怎麼是你？」

當梁祐承站在我面前時，我有些訝異地問他。

梁祐承拉開我對面的椅子，坐下後，認真地看著我，緩緩開口，「蔓宜今天跟劇組開會，剛剛才結束。她打妳手機打不通，剛好我在附近，她就請我先過來跟妳說一聲。」

我低下頭躲開他的眼神，低著聲音說：「我知道了，我會等到她來。你……如果還有事你就先去忙吧，不用在這裡陪我等她。」

「妳就這麼不希望看到我嗎？」

「我只希望你可以全心全意對魏蔓宜。」

「我可以對她好，但人的心中最愛的永遠只會有一個人，當我已經遇到了，就再也容不下另一個人。所以即使在她身旁，即使努力做到最好，我的心裡卻永遠只裝滿一個人……」

「夠了！」我憤怒地抬起頭瞪著梁祐承，「你不要忘了當初我的警告，不要忘了我說過的那些話，一旦你辜負魏蔓宜，我跟你，就什麼也不是了。」

梁祐承看著我的眼神裡滿是受傷的神色，他有些難過地問我，「難道我跟妳真的……沒辦法了嗎？」

「沒有。」我一秒也不猶豫地直接回答。

「可是，一直到現在，我還是忘不了我跟妳擁有的那些過去。」

「但我已經忘了。」

「妳……」梁祐承的情緒被我挑起，我瞪視著他透著微微怒氣的眼睛，他定定地看了我幾秒鐘後，說：「我可以當妳是在說氣話，沒關係。」

「不是氣話。」我字字句句鏗鏘有力，「一個不在乎的人所給的記憶，不會深刻到足以刻劃在心上，至少對我而言是這樣的。」

「但妳給我的一切，已經深刻到全刻劃在我的生命裡了。」

「那是你的事。」我仍舊淡然回應，「個人觀點不同。對我來說，你的身分就只是一個學長，或者說是我死黨的男朋友。除此之外，再也沒有多餘的身分定位了。」

單純的身分、簡單的定位，這也是我希望自己在你心裡所佔有的純粹。

一直到魏蔓宜出現之前，梁祐承跟我都處在這種不是十分和諧的氣氛中。他一直提過去的事想勾起我的回憶，我必須一再拒絕回憶我們一起走過的那些曾經。

和一個自己根本不可能動心的人曾有的那些回憶，就像繞了一趟遠路又回到原點，都是多餘的。

更何況，他還是我死黨的男朋友。光是這麼一個身分，我就更不可能和他有什麼未來。就算他哪天變成魏蔓宜的「前男友」，我也不可能回收他。

一段感情的延續，憑藉的，是一份勇往直前的決心，而不是裹足不前的躊躇。

老實說，我十分不齒梁祐承這樣的行爲，一面拖住魏蔓宜，卻又頻頻回頭望向我。沒辦法給愛你的人幸福，你就該勇敢放手。不能擁有你愛的人，你就要大方祝福。

「你要不就放手，要不就用盡全力給魏蔓宜幸福，不要讓我看不起你。」

或許是「我看不起你」這幾個字激怒了梁祐承，他的臉色瞬間變得很難看。我知道他是一個自尊心強的人，他曾經對我說過，他最不能忍受的，就是被人看不起。

我的話確切擊中他的罩門，他像一頭發怒的獅子，看著我，眼神裡充滿怨懟。

「如果這是妳希望我做到的……好，我答應妳。」梁祐承的聲音從他的齒縫間迸出，一個字一個字，清清楚楚，「我一定會在魏蔓宜最愛我的時候離開她。在那之前，我會用盡我全部心力，體貼地照顧她，讓她習慣沒有我不行的生活，然後再如妳所願的，離開她。」

「你……」我的情緒一下子被梁祐承挑起，要不是還有一絲理智，我恐怕就要直接翻桌了。

我瞪著梁祐承，氣到簡直快掉眼淚，因爲過度憤怒，聲音顯得不平穩，「你怎麼可以這麼卑鄙？魏蔓宜到底哪裡得罪你了？竟然必須被你這樣對待？」

「不是她，是妳。」

「你可不可以理智一點？」我簡直快瘋了，說話的音調再也壓抑不住，揚高聲量，「感情的事不是扮家家酒，你也知道魏蔓宜有多重視你，你爲什麼就是不肯好好珍惜她？就算你是因爲我而接近她，但你們交往這些年來，難道你就沒發現她是一個多麼好、多麼值得你喜歡的女孩子嗎？」

「但她不是妳。」

「不要有那種『得不到才是最好』的迷思，其實在你身邊的已經是最好的了。」

「我不要最好的，我只要我想要的。」

我眞的快被梁祐承氣死了，怎麼有人如此不講理？

就在我們兩個人談判再度破裂，劍拔弩張之際，魏蔓宜到了。

她滿臉歉意，小跑步跑向我們。「對不起、對不起，外面塞車好嚴重……」

魏蔓宜一邊解釋遲到的原因，一邊拉開一旁的椅子坐下。我怕被她瞧見自己掩飾不住怒氣的神情，連忙別過頭去，不讓魏蔓宜看見我難看的表情。

想不到梁祐承更絕，他居然直接站起來，冷淡地丟下一句，「妳們聊，我先走了。」打算把爛攤子全丟給我。

魏蔓宜大概是被嚇住了，她慌忙站起身，追向已經打算走出餐廳的梁祐承，挨到他身邊陪笑撒嬌著。

他們說了什麼，我其實是聽不見的，但我能看見魏蔓宜望著梁祐承的眼神是那樣專注，那樣愛戀……那是一種愛情的眼神，騙不了人的。

他們兩個人靠在一起講了一些話，魏蔓宜才輕輕點了點頭，直到梁祐承走出餐廳大門，她才折返回來。

怕被她發現我在偷看他們，她轉身折返的瞬間我連忙低下頭，假裝在攪拌其實已經冷掉的咖啡。

魏蔓宜安靜地看了我幾秒鐘，發現我低頭不看她，開始撒嬌起來。

「喂，別這麼生氣嘛。」她伸出食指，輕輕拉了拉我手臂上的衣服，討好似地笑著，用娃娃音說：「今天我開了一整天的會，走出會議室都已經八點多了，我不是故意要遲到的。不巧妳的手機正好沒電，撥了幾次電話都轉入語音信箱，我只好打電話向梁祐承求救，對不起啦。」

「不是在生妳的氣啦。」我說。

「才怪，不是在生我的氣，那幹麼不對我笑一個？擺著一張臭臉，說不是氣我，這樣誰會相信？」她嘟起嘴繼續撒嬌，「哎唷，不要生氣了嘛，剛才我也是冒著九死一生的生命危險飆車來找妳耶！妳就看在我這麼有心的分上，饒了我這一次嘛。」

「就說了不是在生妳的氣啦。」

我側過頭看她一眼，見她那張刻意裝得可憐兮兮的臉，心裡方才對梁祐承的怒氣稍減了幾分。

梁祐承，你這個笨蛋！這麼好的一個女孩子你不珍惜愛護，偏偏這麼執迷不悟。

魏蔓宜挨過來抱住我的手臂，央求我，「我才不信，不然妳笑一個給我看。」

「幼稚！我才不要。」

「不要就是在生氣！」

「就跟妳說了沒有。」

「沒有就笑一個給我看啊！」

「我現在笑不出來。」

「笑不出來就是在生氣！」

「妳很盧耶，我、沒、有、生、氣、啦。」

「沒生氣就笑、一、個、給、我、看、嘛。」

最後我被她纏得受不了，原本緊抿著的嘴角終於微微上彎。

「沒見過比妳更孩子氣的人了，好幼稚！」

我一面說，一面伸手捶打她的手臂一記，又忍不住地笑。

「就是這樣才更顯得我單純無害啊。」

魏蔓宜撫著手臂，也不還手，依然衝著我傻傻笑著。

我深深地看了她一眼，嘆氣，然後說：「魏蔓宜，妳這樣善良沒心機，我是眞的非常非常喜歡妳。要是哪一天，我或者妳身邊任何一個妳愛的人不小心傷害了妳，妳要相信，那絕對絕對絕對不是有心的……」

要是哪一天我不小心傷害了妳，魏蔓宜，請妳一定要相信，我絕對比妳更傷心難過，因爲妳是這個世界上我最珍惜的好朋友之一，我寧願自己受到傷害，也不要妳受傷。

愛情，往往在甜蜜過後留下更深的傷口，密密麻麻地刻劃在心頭。

用餐結束，和魏蔓宜道別後，我獨自一個人開車回家。大概是受了梁祐承那些話的影響，在路上，我的心情依然不太好，爲什麼在這個世界上就是有人那麼可惡？利用別人對他的感情來傷害對方，是全宇宙最爛的人渣！

偏偏我的好朋友愛上這樣的人渣，到了無法自拔的地步。

把車開進我住處所在的大樓地下停車場後，我步行到附近的便利商店買汽水喝。

心情不好的時候，我喜歡喝汽水。我喜歡汽水微刺的口感，在嘴裡炸開的感覺，彷彿是一道魔法，可以炸掉一些不愉快的情緒。

坐在便利商店外的咖啡座上，我一面喝著手上冒出冰涼水珠的汽水，一面望向路上來來往往的車輛。

什麼也不想，是放鬆心情最好的方式。

「嘿，妳怎麼在這裡？」

一個聲音乍然從身旁響起。我轉頭，看見蘇諺齊站在一旁，對我露出好看的笑容。他手上拿著一罐保特瓶裝飲料，背上背了一個裝著物品的黑袋子。

不知道爲什麼，在遇見梁祐承這個臭渾蛋後，突然覺得跟他比起來，蘇諺齊根本是小巫見大巫，此時也變得不那麼討人厭了。

「心情不好，來買汽水喝。」這是我第一次舒眉展顏對他露出微笑。

「介意我坐下嗎？」

大概是之前被我拒絕怕了，蘇諺齊指了指我身旁的椅子，禮貌地問我。

我點點頭。蘇諺齊有些意外我的反應，傻了幾秒鐘，才咧開嘴開心地笑著。

他先拉開一把椅子，把背在身後的物品放置好，再拉開我身旁的椅子坐下。

「那是什麼？」我盯著他的黑袋子，試探地問：「吉他嗎？」

蘇諺齊轉頭看了自己的黑袋子一眼，微笑點頭。

「你會彈吉他？」我有些訝異，睜大眼看著蘇諺齊。

「大學時有加入吉他社。」

「所以你眞的會彈吉他？」我開始覺得有趣。

其實，會彈吉他也不是什麼了不得的事，但因爲我身旁的人全是樂器白痴，突然有個認識的人會玩某種樂器，我格外覺得新奇與興奮。

「不是很厲害，就只會一些基本的東西而已。」

蘇諺齊搔搔頭，有些靦腆地笑著。

「那你彈給我聽看看，我很喜歡看人家邊彈吉他邊唱歌的樣子，感覺很浪漫。」

蘇諺齊瞬間瞪大眼睛，看著我，「現在？在這裡？」

我認眞地點點頭，隨口回答，「對啊。」

蘇諺齊轉頭看了看四周，有些難爲情地說：「不好吧！這裡這麼多人，我會不好意思。」

「喔，對喔，我都忘了這是在路邊。」我有些失望，「那沒關係，下次有機會你再表演給我看。」

「還是……妳介不介意去我跟朋友玩音樂的地方？離這裡不會太遠，開車幾分鐘就到了。我的車在那裡，要不要我載妳過去？」

「哇！你們還有專門玩音樂的地方啊？」

這次我是眞的感到震驚了，有沒有這麼專業啊？

「就只是一層公寓，大夥兒一起花錢租的。因爲要玩音樂，所以還特地加強了隔音。有時想要一個人靜一靜，也會躲到那裡去，大概是隔音效果還算不錯，躲在裡面，眞的會有種與世隔絕的感覺。」

「我要去、我要去。」我興致勃勃地說。

於是蘇諺齊背起他的吉他，開車帶我到他跟朋友合租的「練團室」。

蘇諺齊他們的練團室面積不是很大，有三個房間，其中有一個房間放了幾把電吉他、貝斯、keyboard，還有一座爵士鼓。

「你們也太專業了吧！居然有這麼多東西，還有鼓！」我興奮大叫。

「我們也只是玩票性質，本來沒有鼓手，但朋友說既然要玩就要玩得專業一點，所以找了一個朋友來當鼓手。自從有了鼓手後，玩起來就更有勁了，感覺像真的樂團一樣，有時玩著玩著，就會忍不住較勁起來。」

蘇諺齊笑笑的，又指著角落那些樂器說：「不過，那些是練團的時候玩的，平常我還是喜歡背著這把木吉他回家。木吉他的聲音比較溫潤，帶回家彈也比較不怕吵到左鄰右舍。」

「我可以玩玩嗎？」我指著角落那座爵士鼓。

「好啊。」

我興奮地拿起鼓棒，坐在椅子上，上下左右忙碌地亂敲亂打。

玩了一分鐘後，我放棄了。

「我果然沒有音樂細胞，難怪小時候我爸怎麼樣都不肯送我去學樂器。」

我頹然地放下手中的鼓棒，本來被我敲敲打打弄得很吵鬧的房間，瞬間恢復寧靜。

「不會啊，我覺得妳打得很有精神。」

「有精神不代表有節奏感。」

「繼續練下去，說不定有一天會變得比我們鼓手還要強。玩樂器，雖然天分有加分，但最重要的是要有興趣，有興趣才能持續下去。」蘇諺齊鼓勵我。

我搖搖頭，「我覺得當聽眾其實才是最幸福的，有人爲你演奏，有人爲你歌唱，全心全意地唱給你聽，這樣不是世界上最幸福的事？」

蘇諺齊只是微笑，不予置喙。

「你以前爲什麼會想學吉他？」

我站在一旁，看蘇諺齊把木吉他從袋子裡拿出來。他的木吉他顏色很漂亮，當他抱著吉他坐在高腳椅上，輕輕撥弄琴絃調音時，整個人看起來好像氣質變得不一樣了。

「妳想聽眞話，還是假話？」

蘇諺齊抬頭看著我笑，聲音輕輕的，我猜想，他的聲音搭配木吉他唱起歌來一定很好聽。

我坐在他對面的高腳椅上，回答他，「當然是眞話，我才不想聽假的。」

「爲了追女生。」

我差點從椅子上摔下來！

「眞的假的？」

「眞的啊。」蘇諺齊笑笑地說：「當時，因爲學長跟我說，要追女朋友最快的方式，就是學會彈吉他，女生通常最抗拒不了有才華的男生。我不會說情話，也不會寫詩，學長說，什麼才華都沒有的男生，學吉他是唯一可以幫助他扭轉命運的途徑。」

「結果呢？」我憋住笑，好奇地問他，「你追到女朋友沒？」

「沒有。」蘇諺齊無奈地搖頭，「被學長這麼一說，馬上有一堆人跑去加入吉他社，我們那一屆創史上吉他社新生最多的紀錄。一堆人都會彈吉他，學校的女生因而覺得會彈吉他也不是多麼了不起的事，我就變得沒競爭力了。」

我再也忍不住，完全顧不得形象地大笑起來。

就在我笑得無法克制的時候，蘇諺齊卻慢慢地撥弄琴絃，輕輕唱起歌來。

他唱的是一首英文老歌，我聽得耳熟，卻想不起歌名，只覺得蘇諺齊的聲音果然很好聽，低沉溫柔，很適合在很安靜的夜裡聽他唱歌。

我不再笑了，只是安靜聽著，覺得浮躁的心情被撫平，慢慢慢慢地沉澱下來了。

當蘇諺齊唱完最後一個音，我卻看見他臉上的憂傷，和微微泛紅的眼眶。

不是每句我愛你都浪漫動聽，世界上有幾十億人口，我卻只想聽見你說。

我怔怔看著蘇諺齊，氣氛好像整個都凝結了，我不知道該不該開口打破這個令人尷尬的沉默。

「對不起，我想起了一些不是很愉快的事。」蘇諺齊擠出笑容，充滿歉意地對我說。他把吉他放好，從房間走出去，沒多久又折返回來，手上多了兩瓶可樂。

他把一瓶遞給我，說：「我心情不好的時候，其實跟妳一樣，會喜歡喝汽水之類的飲料，不知道為什麼，只要喝了汽水，心情就會變得不再那麼煩躁。」

我接過他手上的可樂，拉開拉環，喝了一口，把那口可樂含在嘴裡，享受滿口氣泡在我嘴裡跳舞的感覺，刺刺的、辣辣的，還帶著一絲甜甜的香氣。

「因為汽水有魔法。」

吞下嘴裡的可樂後，我瞇著眼，笑笑地對蘇諺齊說。

「嗯？」

「汽水裡的每一個氣泡，都像被施了魔法一樣，它們會包裹住我們身上所有不愉快的情緒，然後一口被吞進肚子裡，只留下香香甜甜的氣味，充斥在我們的鼻息及味蕾間，心情當然也就變好了。」

聽我這麼說，蘇諺齊也笑了，他點點頭，頗爲認同地回應，「雖然知道妳說的話沒有任何根據，我還是同意妳的說法。」

我把可樂罐舉到他面前，開心地說：「乾杯。」

蘇諺齊有一些訝異，但他很快就拿自己的可樂罐跟我乾杯。

我又喝了一口可樂，才緩緩說著，「我有兩個高中開始就很好要的死黨，她們超愛喝啤酒，偏偏我又是滴酒不沾的人，每次只要我們三個人去聚餐，她們兩個人老愛拿啤酒罐乾杯，然後指著我的汽水罐說：『我們才不要跟小朋友乾杯。』每次都露出排擠我的樣子，但其實我知道，她們兩個人是最挺我的。」

「眞羨慕妳。」蘇諺齊嘴邊含著笑，說：「我高中時也有一個死黨，高二那年，我們兩個人發奮圖強念書，約定好要一起考上同一間大學，後來如願了，兩個人高興得差點抱在一起哭。大一時，他跟我一起進入吉他社，我們每天練習彈吉他彈得手指都流血了，還打賭誰會先彈吉他唱情歌跟女生告白，先交到女朋友的那個，可以得到另一個人提供的一個月免費早餐。大二時，他突然生病住院，檢查的結果是胃癌，已經是末期，癌細胞很快就轉移到其他器官，他休學接受治療。升大三的那個暑假，他就走了，那是我人生中最黑暗的一年，他還那麼年輕，怎麼會死掉？他甚至還沒跟他喜歡的女生告白，生命就結束了……剛才我唱的那首歌，是他以前最喜歡邊彈吉他邊唱的一首歌，他說他要用那首歌跟他喜歡的女生告白，所以每天都會重複唱很多次，唱到我聽得都煩了，簡直要跟他翻臉了。」

我定定地看著蘇諺齊臉上的哀傷，卻不知道該怎麼安慰他。

「不過現在想起來，我很慶幸他當初不停地唱這首歌，那讓我有了一個想念他的依據，每當想起他的時候，我就會唱這首歌，彷彿就能透過歌聲，將想念傳遞給他了。」

「也許他真的會聽到。」我對他微笑，「而且你唱歌真的很好聽，我說真的。」

蘇諺齊聽我這麼說，靦腆地微笑起來。我看著他迅速泛紅的耳朵，突然覺得我眼前的這個人，其實是有那麼一點可愛的。

我跟蘇諺齊，就是在這種情況下，拋棄成見逐漸熟稔起來的。

好吧！應該說是我拋棄成見。

原來，要討厭一個人或喜歡一個人，其實只要一秒鐘的時間。

第一個跌破眼鏡的，當然是林燕婷。

「會不會太戲劇化啦？前幾天不是還有人說跟蘇諺齊就算不是仇人，也絕對不可能變朋友。怎麼……才休了一天假，整個就風雲變色？」

面對林燕婷激動的反應，我淡定地回答，「所以這件事告訴我們，人啊，不能把話講得太滿，這個世界是圓的，什麼事都沒有絕對。」

「哼，現在倒是滿口大道理啦！」林燕婷瞪我，「怎麼之前就冥頑不化，硬是把他歸類在人見人討厭的層級裡。」

「就說了以前我不懂事嘛。」我語氣放軟，「喂，妳不要大嘴巴喔，那些事妳不要跟他說喔。」

「OK啊，這點小事，我當然可以答應妳。」林燕婷笑得邪惡，「不過本人的記憶通常都會選擇性遺忘，一遇到有人讓我不爽，腦子就會管不住嘴。這種事我可是沒辦法控制的，嘿嘿！」

誤交損友大概就是這樣，我做了一個非常好的示範。

於是我的生活開始加入新的元素，蘇諺齊就是我生命裡的新元素，我開始接觸一個我以前完全不曾接觸的世界。

蘇諺齊的樂團朋友們，讓我看見這個世界的新風貌。

他們都是蘇諺齊大學時同社團的朋友，幾個人志同道合，一起玩音樂玩了近十年，即使現在已經各自在事業上有了一片天，依然常常聚在一起練團，或者吃吃喝喝聊天。

「蘇諺齊其實是個很悶騷的人，以前大學時，他在迎新會上抱著吉他自彈自唱，有好多學妹被他帥氣的模樣迷倒，紛紛自願加入吉他社，他也知道人家是因爲他才加入吉他社的，但在社團裡，他就是偏要耍酷，不肯主動跟那些愛慕他的學妹們講話，人家寫情書給他，他也不回。」

在蘇諺齊他們的練團室裡，我坐在高腳椅上，聽蘇諺齊那群朋友們細數他在大學時的事。蘇諺齊不在，他被指派去買滷味跟燒烤，還有飲料。

劉大是蘇諺齊的學長，因爲年紀是幾個人裡面最大，又姓劉，所以被稱呼爲劉大。我一開始只敢禮貌性地學蘇諺齊叫他「學長」，但幾次見面後，被他抗議說我把他叫老了，才開始跟著大家叫他「劉大」。剛開始叫起來有些彆扭，幾次後便越叫越順口，他成了所有團員裡，除了蘇諺齊外，跟我最熟的人。

「所以我說妳啊，像我們家蘇諺齊這麼乖的男生不多了，我算算他大學時好像也就交了那麼幾個女朋友，但時間都不長，倒還不曾帶女生來過我們的練團室，妳是第一個喔！可見他有多重視妳，我看妳也就別考慮了，乾脆就答應了吧。」

劉大笑嘻嘻地一面說一面撥弄著吉他的絃，像要爲他說的話襯出好聽柔和的配音，企圖感動我。

「答應什麼？」我裝傻，一顆心撲通撲通跳得好劇烈，「我聽不懂你在說什麼。」

「連我這塊木頭都聽懂了，妳怎麼會聽不懂？」

魏小胖從外面走進來，手上拎著兩包科學麵，丟了一包給劉大後，又問我要不要也來一包。見我搖頭後，接著說：「我看妳也挺聰明的，劉大說的話妳不可能聽不懂，他說的是白話文，又不是文言文。」

我的耳畔火辣辣地發熱。

「我們、我們就只是好朋友……」我扭捏地說。

「這句話好熟！」魏小胖看起來很憨厚，其實不然，他是整個團裡反應最快，嘴巴也最不饒人的。他斜睨了我一眼，笑著，「電視上那些緋聞明星們也常常對媒體說自己的男女朋友只是好朋友，妳這個回答，可眞是耐人尋味啊。」

「哪有什麼耐人尋味？我說的是實話！」我急急爲自己辯解，卻引得劉大跟魏小胖哄堂大笑。

接著，神不知鬼不覺已經回到練團室外面的蘇諺齊冷不防地拎著好幾袋食物走進來，洋溢一臉笑意地看看我，又看看其他人，問著，「什麼東西耐人尋味？」

而我想，也許你才是我生命裡最美麗、最耐人尋味的一段旅程。

我望著蘇諺齊傻笑，倒是魏小胖十分淡定地走過去，接過蘇諺齊手上的食物，動作熟練地拿出盤子分盤裝好，再拿出一杯飲料，插好吸管喝了一大口後，淡淡地說：「說你是個耐人尋味的男人，要小沈兒好好把握你。」

「小沈兒」是魏小胖給我取的綽號，他嫌我的名字不好記，第一次見面時，就給了我這個綽號。

蘇諺齊只是笑，安靜地看著我，也不說話。我被他看得心臟又撲通撲通地不安分起來，只好趕緊逃離他的視線，走到小茶几前，掀開塑膠袋，心不在焉地瞧了一眼，再壯膽似地提高音量問道，「我的蜜茶呢？」

蘇諺齊走過來，只瞄了一下，就從裡面拿出一杯飲料杯，插上吸管，遞給我。

「謝、謝謝……」

我有些口吃地道謝，心臟依然跳動得非常有活力，幾近要心臟病發的程度。都是魏小胖害的！誰叫他要說那些話，害我現在尷尬得要命。

趁機瞥了魏小胖一眼，只見他嘟起嘴，兩隻手的手指非常幼稚地聚攏在一起，再用兩隻手對我作出嘴對嘴親親的模樣，嘴巴也嘸了起來像要親吻。劉大在一旁笑到不行，拿手上的樂譜捲成一個圓棍狀，「啪」地一聲敲上魏小胖的後腦杓。

我惡狠狠地瞪了魏小胖一眼，他還是很白目地在那裡做白痴動作。

「魏小胖，你幹麼？」

魏小胖的惡形惡狀很快就被蘇諺齊發現，他開口問。

哪知魏小胖只是從容地放下手，十分淡定地看了蘇諺齊一眼，不慌不忙地回答，「叫小沈兒獻吻啊。」

「獻什麼吻？」

「感謝你千里迢迢去幫我們買食物，既然無以爲報，乾脆就以吻謝恩呀。」

「神經病！」

蘇諺齊啐了他一聲，卻笑起來，又若無其事地看了我一眼。他彎彎的眼睛黑亮清澈，孩子般的臉龐有乾淨的氣質。

有那麼一瞬間，我彷彿動心了。

心裡想著：或許，他就是我等待的那個緣分。

這一閃而逝的念頭，連我自己都很驚訝，不明白爲什麼突然會有這樣的想法。

我怔怔看著手上的飲料杯，耳膜裡還能聽見自己心跳的節奏，一聲一聲，像在傾訴什麼，心裡，彷彿有個地方崩裂了。

我好像變快樂了。

每天睜開眼睛，就覺得又是新的一天，不再像以前那樣，日復一日覺得日子平淡得猶如白開水，沒有一絲希望。

「妳最近很快樂喔，還哼歌呢！」

坐在辦公室出考題時，林燕婷坐在電腦椅上，滑到我身邊，把頭湊到我面前，古靈精怪地對我擠眉弄眼。

「我有哼歌嗎？」

「有。」林燕婷拖長音回答我，又指指自己的位置說：「我坐在我的座位上都聽得到呢。」

「是嗎？」

「妳自己都不知道？」

我認眞地搖頭。

林燕婷突然笑得很曖昧，「喂，妳老實說，妳是不是談戀愛了？」

「哪有？」我大叫。

「一個人如果陷進愛情裡，全身上下有兩個地方是騙不了人的，一個是心跳，一個是眼神。」林燕婷一副神棍模樣地點點手指頭，接著開口，「依仙姑我這樣掐指一算，倒是算出會讓咱們小沈兒神魂顛倒的，八九不離十正是那個在二部認眞教學，深受學生們愛戴，卻三不五時往我們總部跑的蘇大俠。」

「胡說八道。」

我瞪了林燕婷一眼，抓住她的椅子轉了半圈，再用力地推了她的椅背一把，把她往她的座位方向推過去，說：「快回去工作啦妳，別自己工作做不完還要拖我下水……還有，妳不要再叫我小沈兒了，聽起來怪怪的。」

眞後悔告訴林燕婷我被蘇諺齊的朋友取了這個綽號，她自從知道之後，就再也不肯叫我的名字，總是「小沈兒、小沈兒」地叫我，被魏小胖這樣叫，我是沒有辦法，誰叫他總說他記不住我的名字，但被林燕婷這樣叫，我光聽就全身不舒服，總覺得這個綽號被她叫得變噁心了。

「喔喔，有鬼喔。」

林燕婷雙腳一蹬，椅子又滑了過來，笑得一臉賊兮兮的。

「有妳的大頭鬼啦。」我依舊把她推回去，「快滾回去。」

她不死心地又滑過來，「女人會瞬間生氣通常只有幾種可能，其中一項可能，就是被人說中心事，又不敢大方承認。」

「我沒有生氣，也沒有什麼心事可以被人說中。」我再接再厲地把林燕婷推回她的位置前，繼續說：「我只想趕快把我的考卷出完，讓我的工作跟著自己的進度走，不要再被妳擾亂了。」

「我哪有擾亂妳？」林燕婷不屈不撓地又滑到我身旁，笑嘻嘻地說：「我可是妳排遣寂寞的最佳良伴啊，舉凡妳要吃東西胖死自己，逛街自癈雙腿，買彩卷發億萬富翁的白日夢，我哪一項沒有陪妳？」

「那明明都是妳約我的！」我大叫。

「是我約妳沒錯啦，不過那也是因爲我聽見妳內心的渴望，爲了成全妳，才開口約的耶，妳看看我多有犧牲自己照亮別人的偉大胸懷！」

「我眞的深深覺得我一定要把妳介紹給我那個作家朋友認識，妳們一個人成天幻想，一個人拚命寫作，要寫出一部好劇本進軍好萊塢應該指日可待。」

「我不想，謝謝。」林燕婷這會兒倒是自動自發移動椅子回自己的位置，邊移還邊說：「我可不想以後買瓶醬油或倒個垃圾都要戴著墨鏡才能出門。」

我被她的話逗笑了，她的想像力眞是讓我望塵莫及呀！

正聊著，蘇諺齊就出現了，他拎著一袋飲料，林燕婷一見有免費飲料喝，馬上撲上前去，挑了一杯桂花烏龍，連聲道謝後就抱著喝起來了，還露出一臉滿足笑容。

「熱拿鐵，妳的。」

蘇諺齊從另一隻手上的紙袋裡拿出咖啡遞給我。

我正要開口道謝，林燕婷就搶在我前頭開口了，「喂，蘇老師，老實說，你是不是覺得我們小沈兒條件很好？」

「喂，林燕婷，妳閉嘴！」

我放下手中的咖啡，連忙衝到林燕婷面前摀住她的嘴，還用眼神示意她最好安靜，然後陪笑著對蘇諺齊說：「你不要理她，她在想考題想到要瘋掉了，已經有點神智不清了。」

林燕婷使勁扯開我的手，反駁著，「我哪有啊！你不要聽小沈兒亂說，我根本就還沒開始動腦想考題，哪有神智不清？我是……」

我又迅速摀住林燕婷的嘴，繼續尷尬地陪笑，「她只是吃飽撐著沒事亂問，你不要當眞啊。」

「我才沒有……」

林燕婷一面掙扎，一面鍥而不捨地開口說話，聲音還從我掌心透出來。

蘇諺齊看看我，又看看林燕婷，然後露出認眞的表情，說：「林老師，老實說，我眞的很同意妳的說法。」

心頭那塊崩裂的地方，將冷清與孤寂毀壞了，滲出溫柔與期待。

後來想想，蘇諺齊只是說他同意林燕婷的說法，又沒說他同意的是林燕婷的哪個說法，我卻兀自爲他這句話心跳了好幾次，每每想起來，胸口總是不自覺地縮緊又放開。林燕婷倒是因爲蘇諺齊說的那句話取笑了我好幾次，還問我到底願不願意給蘇諺齊機會。

「給什麼機會啦？我跟他就和妳跟他一樣，是同事，也是朋友的關係而已。」我說。

「才不一樣！」林燕婷搖頭，「在妳跟他建交前，我們可沒有這種三天兩頭就有飲料可以喝，或有點心可以吃的福利呢，一切都是在你們兩個人建立邦交之後才開始的，關於這一點明確的事實，妳想否認或申訴嗎？」

我無言地看著林燕婷。

林燕婷頓了頓，又說：「我看你們要不就直接在一起吧，省得他老是往這裡跑。妳也知道，他只來支援我們一個學期，下學期他就要回他原來授課的補習班了，到時候，你們要見面也就沒那麼容易了！所以妳是不是更應該趁還能常常見到他的時候，乾脆就大方接受他？再說，妳也眞該找個男人好好照顧妳了，不然每次妳生病發高燒，就老是要麻煩我過去煮魚湯或稀飯給妳吃……」

「妳現在是嫌棄我是不是？啊？是不是？」我假裝生氣地抓起自己放在椅子上的抱枕，連打了林燕婷幾下，抗議著，「妳感冒病懨懨時，還不是我飛車載妳去醫院打點滴？不但煮稀飯、燉雞湯給妳吃，還像個女傭一樣服侍妳。現在病好了，轉頭就忘了我爲妳作牛作馬那些事啦，哼，忘恩負義的傢伙！」

「我又不是這個意思。」林燕婷搶過我的抱枕抱在她懷裡，「我只是覺得有個人照顧妳也很好，這樣就算半夜妳不舒服，至少還有個人能夠陪在妳身邊。」

「光說我！那妳自己呢？妳是不是也該找個男人來好好照顧妳？」

「我又不急！再說呀，我條件這麼好，還怕找不到對象？我只是還想過自由自在的單身生活，不想被綁住而已。」

「藉口！」我才不相信。

「妳要是不信，現在馬上跟我到街上去，我只要勾勾手指頭，馬上會有一堆男生跑過來排隊說他們想認識我！」

「我看是一堆街友跑過來排隊說：『小姐妳可憐可憐我，我好幾天沒吃飯了。』然後等妳發便當給他們……」

「喂，沈珮好，妳很愛看衰我耶。」

「我只是比較看得清事情的眞相。」

林燕婷扁扁嘴，說她確實比較看不清事情的眞相，不然就不會誤交損友了。

下班後，才剛開車回到大樓地下停車場，蘇諺齊的電話就來了。

「我現在在地下室，收訊不太好，等等回電給你。」說完，我匆匆掛掉電話，坐電梯到我住的樓層，才剛出電梯，就急忙撥電話給蘇諺齊。

「怎麼了？」

有一朵微笑，無聲無息地從我的唇角綻放開來，那是我從電梯門的倒影看見的，聽見蘇諺齊的聲音，原來是讓我快樂的事。

「有沒有空？」

「你先說有什麼事，我再決定我有沒有空。」

我倚在一旁的牆上，一面說，一面踢著自己的腳，一下、一下又一下，宛如自己此刻的心跳聲。

「魏小胖生日，劉大說要幫他慶生，現在他們一掛人正在燒烤店吃東西，問我們兩個人要不要一起過去。」

「好啊。」我完全不加思考，「那我要不要帶個蛋糕過去？你跟我說一下他們的位置，我買好蛋糕就過去。」

「我在妳家附近了，要不妳就乾脆坐我的車一起去，我們先去買蛋糕，再去燒烤店找魏小胖他們。」

「那你給我十分鐘的時間，我整理一下，換件衣服就下樓。」

我一面說，一面急忙地從包包裡撈出鑰匙，分秒必爭地衝進房裡，從衣櫃裡翻出我新買的超顯瘦又有型的牛仔褲和百搭款細條紋襯衫，然後十萬火急地洗了個三分鐘的戰鬥澡，換好衣服，紮起馬尾，又要小心機地在臉上抹上裸妝系的ＢＢ霜，站在穿衣鏡前仔細看了一下妝扮後的自己，才心滿意足地拎著包包出門。

才走到管理室，就看到蘇諺齊那輛鐵灰色的房車正停在門口。

一走近，蘇諺齊就搖下車窗衝著我笑。

我們之間不玩男生下車幫女生開車門那一套，所以蘇諺齊只是扯著笑，靜靜地坐在駕駛座等我上車。

路上，我們隨便聊著天，討論起補習班那些孩子們。他對我說，他教的那兩個班級的孩子裡，有幾個特別叛逆，他每天都在想對策對付他們。

「想想還是我們這一代最可憐，小時候在學校被老師打，回家也不敢跟爸媽說，怕會再被修理第二次。現在出社會教書，本來想著可以好好整頓這些不聽話的孩子們，偏偏現在又是少子化，每個孩子都是寶，不能打不能罵，只好每天想辦法跟那些正值青春期的孩子們諜對諜，或引用一些親身經驗跟道理企圖感化他們，常常搞得我快腦神經衰弱了。」

蘇諺齊的話我聽進耳裡，也頗有感觸，不過我帶的那個班上的小孩還算乖，所以還沒到達他那種腦神經衰弱的程度。

聊著那些令我們無能爲力的社會變遷，還有壓得讓孩子跟家長們都喘不過氣來的多元教育，蘇諺齊跟我聊著聊著都深深地嘆氣了。

「其實有很多次我實在很想對他們說：『不如有一堂課，我們就暫時拋開那些數學題目吧，我可以教你們彈吉他，我們大家一起開開心心地來唱幾首歌！』不過這個念頭畢竟只能在腦子裡打轉，我怕隔天學生家長會帶著白布條跟雞蛋來補習班外面抗議。」

蘇諺齊說著，笑了笑。

「我覺得很好啊。」我眞心誠意地說：「我要是你的學生一定會開心極了，然後四處跟我的同學炫耀。」

「其實妳也不用四處向同學炫耀，就算妳不是我的學生，我還是願意教妳彈吉他。」

蘇諺齊話鋒一轉，就開起我的玩笑來，我一聽他這麼說，想也不想就直接拒絕。

「我才不要。」

「爲什麼？我覺得我吉他彈得很不錯啊。」

「我才不想彈到手指頭流血。」

「又不是每個彈吉他的人手指頭都會流血。」

「我歌唱得不好。」

「沒人叫妳唱歌啊，妳又不是要參加比賽。」

「我覺得聽別人彈吉他唱歌比較舒服。」

「妳也可以彈吉他唱歌讓別人聽著舒服啊。」

我睜大眼，瞪著蘇諺齊，他本來眼睛還看著眼前的路況，但察覺到我不搭腔，便轉過頭來。一接收到我凶狠的目光，馬上改口，「呃……當然啦，如果妳堅持只聽別人彈吉他唱歌，也是很好的，眞的……」

如果我們能夠一直這麼單純而快樂地在一起，那會有多好！

走進燒烤店，根本就不用費心去找，直接往最吵、最喧譁的那一桌走過去就對了。

「哎唷，小沈兒來了耶，快過來快過來，我幫妳烤了好多東西，妳快過來吃。」

我才一走近，魏小胖連忙出聲招呼，從他那極度歡樂亢奮的樣子看起來，八成是喝多了。

蘇諺齊和我對看一眼後，很有默契地走到魏小胖一旁的空位上，比鄰而坐。

「來，我烤了妳喜歡的小雞翅跟黑輪片，妳快趁著還沒冷掉吃一點。」

魏小胖熱情的招呼眞是讓我受寵若驚，他平常根本就不是這樣的人。平時他雖然不至於對我太冷淡，也不會過度熱情，偶爾還會裝酷不說話。

「他喝了酒就會變這樣嗎？」

趁魏小胖忙著向服務生加點餐點時，我跟蘇諺齊低聲交頭接耳起來。

「對。」蘇諺齊點頭，苦笑了一下，「上次跟他們去KTV唱歌狂歡時，他大概是喝多了，居然拿著麥克風邊唱歌邊哭起來，我們幾個人全被他嚇傻了，安慰也沒用，後來乾脆就把他拖進KTV包廂的廁所裡，讓他在裡面哭個夠。」

我瞪大眼，完全沒辦法想像平常總是笑得很大聲的魏小胖哭起來會是什麼模樣。

「劉大說KTV那次不算誇張，有一次他們不曉得在幫誰慶生，我剛好有事沒去，魏小胖那次也是喝多了，居然發酒瘋，指著劉大罵了很多三字經。劉大事後還開玩笑地說原來魏小胖那麼痛恨他。」

我完全咋舌。

「喂，阿齊，你要不要也喝一杯？」

坐在我們斜對角的小杜學長晃了晃手上的啤酒，笑嘻嘻地問。

蘇諺齊搖頭，笑道，「我酒量不好你又不是不知道，而且我等等還要開車送小沈兒回家，今天就饒過我吧。」

「那怎麼可以？」

魏小胖加點完，回頭正好聽見蘇諺齊這麼回答，連忙找了個空杯子，斟滿酒，推到蘇諺齊面前，嚷著，「今天我生日耶，你不喝就太不給我面子了，來！喝掉喝掉。」

蘇諺齊一臉為難的表情，看了看他眼前那杯斟得滿滿還不斷冒著氣泡的啤酒，陪笑著，「今天真的不行……不然明天吧！明天我晚上剛好只有一堂課，我上完課就買一手啤酒去練團室找你，再陪你喝幾杯。」

「那怎麼可以？今天是今天，明天是明天，今朝有酒今朝醉，明日愁來明日愁，怎麼可以混為一談？」

看來魏小胖是眞的喝多了。有些人一喝多，整個人就變得不講理起來，話也變多，魏小胖大概就是這樣的人。

「喂，阿齊他等等還要開車送小沈兒回家，你不要強迫人家喝酒嘛。」本來在一旁跟其他人吃東西聊天的劉大見情況不對，馬上跳出來打圓場，「要不這樣吧，他那杯我就先幫他乾了，明天再讓他請你喝幾杯，這樣好嗎？」

「不好。」魏小胖搖頭，拿起啤酒杯塞進蘇諺齊手裡，說：「是兄弟就爽爽快快地乾掉這杯，不然你來幫我慶生，連喝一杯酒都拖拖拉拉不痛快，害我也開心不起來，這算哪門子的慶生啊？」

蘇諺齊有些無奈地看看我，我靠在他耳畔對他說：「沒關係，等等我開車好了。」

劉大又來攔，蘇諺齊朝他笑了笑，說：「沒關係啦，萬一我不小心喝茫了，還有小沈兒可以開車。」

劉大聽蘇諺齊這樣說，雖然眉心還微蹙著，但已經不再出聲制止。

蘇諺齊舉杯，面向魏小胖，說了幾句祝福他生日快樂、身體健康之類的話後，正打算一口喝掉手上那一杯酒時，有個女生突然閃過來，搶走他手上的杯子。

「魏小胖，你這個人怎麼老愛借酒裝瘋耍無賴？眞是死性不改耶你。」

那個女生罵完，就非常豪氣地一口喝掉從蘇諺齊手上搶過去的那杯啤酒，喝完又開口，「這杯我幫蘇諺齊喝掉了，管你服不服氣，反正就是這樣了，你別再叫人家喝啦，等等人家是要開車回家的，被你一灌酒，萬一被抓到酒後開車，罰金你願意一起埋單的話，你再叫他喝。」

幾句話，堵得魏小胖啞口無言。

眞是太帥氣了！我看著那個外表溫婉動人，其實骨子裡非常有俠女風範的女生，覺得她不僅直來直往的個性很迷人，外型看起來也漂亮。

我的眼睛移不開般地直追著她的身影打轉，看她跟每個人熱情招呼，一副老朋友久別重逢的樣子，突然覺得她眞幸福，可以跟一群男生像哥兒們般相處，即使偶爾任性與要脾氣，好像都能被完全包容。

沒多久，她突然轉過頭來，逮到我偷看她的眼神後，非常大方地對我微微一笑。

「女朋友？」她走過來，眼睛看看我，然後把視線放在蘇諺齊臉上，「什麼時候交的，也沒通知。」

「不是女朋友，是朋友。」蘇諺齊從容微笑回答，「妳今天怎麼有空過來？」

「都嘛魏小胖！」她連嘟嘴抱怨的表情看起來都好動人，「他半個月前就一直跟我明示暗示今天是他生日，昨天還傳簡訊跟我說今天要在這裡慶生，害我一下飛機就趕快換好衣服衝過來，連澡都沒有沖……」

「哎唷，妳怎麼這麼髒？居然沒洗澡就換衣服……」

魏小胖湊過來，站在那女生身邊，用一臉嫌棄的表情看著她。現在的他看起來雖然還有些醉意，但似乎清醒了不少。我忍不住懷疑他剛才那種脫軌的行徑，是不是眞像那女生說的，是在借酒裝瘋耍無賴。

「再說我扁你！」那女生掄起拳頭，在魏小胖面前揮了揮，威脅的語氣聽起來像在撒嬌，「信不信我可以一拳把你打到太平洋去？」

「不相信！」魏小胖笑起來，還用食指用力地戳了那女生的額頭一下，「妳幾斤幾兩重，我早就看透了。」

「那你要不要讓我打看看？」美女不服氣地說：「好歹我也學過防身術的。」

「好啊，來啊。」

魏小胖話才剛說完，女生就一拳揮過去，結結實實地打在魏小胖的肚子上。

魏小胖怔了怔，整桌的人也全沒了聲音，大家都把眼光移到他們兩個人身上。那一拳看起來力道不小，我很怕魏小胖會撐不住，突然把今天晚上吃下去的東西全吐出來。

半晌，魏小胖漲紅著臉，說：「哇靠！妳這個暴力女，很痛耶。」

「眞的嗎？」那女生聽魏小胖這麼說，馬上露出一臉驚喜的表情，「眞的很痛嗎？」

「廢話！」魏小胖說：「妳打到我都快要反胃了！我們的仇恨有這麼深嗎？我只是讓妳試打，妳什麼地方不打，居然打我肚子！」

「我們教練說打肚子最有殺傷力，尤其我們女生力氣小，如果遇到壞人，要打肚子跟踢小腿骨……」

「我是壞人嗎？妳這樣對我！」魏小胖一點也不憐香惜玉地推推她的頭，「而且今天是我生日。」

「幹麼老說今天是你生日啦！生日很大、很了不起喔？生日就不用吃飯大便喔？你要有良心，就趕快打電話給你媽，謝謝她在三十年前痛得要死還記得把你生下來，沒直接掐死你洩憤。」

「嘖！嘴巴這麼壞，小心嫁不出去。」魏小胖鄙夷地撇撇嘴。

「嫁不出去也不用你擔心！倒是你，再這樣一直吃下去，小心變魏大胖，娶不到老婆。」

「娶不到老婆妳就嫁給我！反正妳也嫁不出去，我委屈一點沒關係。」魏小胖說完還「嘿嘿嘿」地笑了幾聲。

「嫁你的大頭鬼啦！就算地球突然毀滅，全世界只剩你一個男人，我也絕對不會嫁給你。」

「嘿！話不要說得太滿喔！」魏小胖繼續嘻皮笑臉，「有句成語妳一定聽過，事與願違，嘿嘿。」

愛與不愛，從來就不是選擇題，它是一道單純的是非題，卻被我們複雜化了。

後來蘇諺齊才跟我說，那個女生叫作劉慧妤，是他那個死去的死黨曾經想彈吉他告白的女生，只是，他還來不及告白就離開了，而她卻在他離開後進入吉他社，變成他們的死黨。

「她是空姊，飛國際線的，常常這個月在歐洲，下個月就在美國。她常說她的命運註定是要流浪一輩子的，所以她不敢談戀愛，她擔心居無定所的距離會拖垮她的愛情，爲了避免傷心，她還是決定不戀愛。我常笑她是因噎廢食，眞心喜歡一個人，距離算什麼？現在通訊這麼方便，電話跟視訊都很便利，想念時就開視訊見見面，想撒嬌時，就打一通電話聽聽對方的聲音，她又不是定居國外，飛來飛去也總會飛回家的。」

蘇諺齊這麼說著，語氣中有淡淡的無奈。但我能體會劉慧妤心裡的矛盾和掙扎。哪個女生不想被人好好呵護著？只是，面對太多不確定的因素，保持距離，反倒成了保護自己最好的方式。

我們都害怕得到後又失去。那種悵然的失落感，只有經歷過的人才能了解。

也許劉慧妤也曾經傾心喜歡過一個人，卻在期待與盼望中失去那個人。

頓了頓，蘇諺齊又開口，語氣淡淡的。他說：「其實小胖很喜歡劉慧妤。」

我瞠目結舌。

「真的假的？」

蘇諺齊堅定地點頭，「我們大家都看得出來，小胖表現得太明顯了！我相信劉慧妤一定也知道，只是一直在裝傻，假裝都不知道，他們兩個人的關係才不會失衡。」

「小胖幹麼不直接表明態度？」我問。

「他也怕失去。」蘇諺齊看著我，臉上有淺淺的笑。他說：「妳不要看小胖常常表現出一副很冷酷又有自信的模樣，他其實常常對自己很沒信心，尤其是在感情方面。他不只被動，還很容易膽怯，總是寧願原地踏步，也不願意放手一搏。」

「所以他寧可就這樣錯過？萬一有一天，劉慧妤遇見終於一個人，可以讓她拋棄一切恐懼，勇敢去愛，那魏小胖就能真心放手祝福她？不試試看，怎麼知道自己有沒有機會？愛情本來就是一場賭注，沒梭哈，怎麼知道會大獲全勝還是會一貧如洗？」

蘇諺齊依然看著我，臉上的笑意變得更深了。他用玩笑的語氣對我說：「那妳把妳的勇氣借給小胖，讓他有勇氣向劉慧妤告白。」

「我要是有勇氣，也不會讓自己的感情空窗這麼久！」我誠實地說：「其實我也是只出一張嘴，鼓勵別人總是比較容易，要眞是自己遇上了，恐怕會逃得遠遠的，眼不見爲淨。」

蘇諺齊沉吟片刻，說：「我不會！」

我沒接話，安靜地看著他。

「就算會失去，只要確定我是眞的喜歡這個人，我一定會說出來。我不喜歡坐以待斃的感覺，也不喜歡當自己的算命師，我不相信什麼第六感或直覺，我只相信口說爲憑。接受或拒絕，我一定要對方給個明確答案，就算最後沒辦法在一起，至少我努力過，無愧於心了。」

我羨慕有勇氣的人。

就像我曾經很羨慕林誼靖，我羨慕她可以愛一個人愛得這麼奮不顧身，即使她的愛情是前景灰黯，沒有任何未來的，她還是不以爲懼地勇敢去愛著。她總是說：「有什麼關係？至少我能證明我活過。一個人一生中一定要有一段轟轟烈烈的愛情，才能佐證自己曾經眞實存在過。我才不在乎對方是不是能陪我一輩子，只要在我很愛他的歲月裡，他也那麼認真地愛著我，那就夠了。愛情是沒辦法一生一世的，再怎麼愛一個人，也總會被時間消弭，摧毀殆盡。」

我承認林誼靖在分析愛情時是很精闢透徹的，但當她真正面對愛情時，卻又顯得愚不可及。

但是不管如何，她總能帶著十足的勇氣去看待她的愛情，橫衝直撞，就算受傷了，只要哭一哭，就又能用滿滿的信心和樂觀的心態重新面對。

我就辦不到。

或許在失去的那段愛情裡，我曾經有過勇往直前的信念，但大部分的時候，還是會膽小怯懦、害怕受傷，所以總小心翼翼對待我深愛的他，和我們的愛情。只是，儘管再怎麼小心對待，該失去的，依然留不住。

我曾經質疑過愛情，懷疑這樣的全心全意是不是很不值得，埋怨過付出與獲得的不成比例，我甚至曾經有過輕生的念頭。

但是，一如林誼靖說過的，只要熬過去，就會好起來了。我確實熬過了最煎熬的那段時間，卻也沒有完全好起來，心上依然有個無法彌補的缺口，偶爾觸碰，仍會隱隱作痛。

那天晚上，蘇諺齊跟我聊了很多、很久，我們兩個人就這樣各自捧著一杯咖啡，坐在便利商店門口，在微微的晚風中，交流彼此心底最沒有保留的那部分。

我對他提起江瑞志，聊著我們是怎麼認識的，我如何喜歡上他，決定交往的經過，還有後來分手的結局。

「因爲太痛，所以不想再重來一次，我其實是個怯懦膽小的人。」

我笑了笑，唇邊還啣著苦澀的悲傷。「你有沒有曾經很喜歡過一個人，喜歡到好像可以爲了對方不要命的程度？即使分手很久，偶爾在夢裡見到他，還是會很快樂，會希望時間就此停住，不要再往前走，也不要醒過來。有時醒來發現是夢，我還是會很悲傷，雖然不至於難過到掉眼淚，但多少會影響一整天的心情跟活力……我常想，或許自己一生中最好的愛已經給了他，就算以後遇到其他喜歡的人，也沒辦法像愛他一樣付出所有的感情了吧。」

「或許男生的愛情觀跟女生不太一樣吧。我就算曾經很喜歡過誰，也不能保證她就是我這一生唯一最愛的人，畢竟跟妳們不同的是，我們男生沒辦法把愛情當作是生命中的一切，除了愛情，我們重視的東西還有很多，比如友情、比如運動跟休閒。不過，愛情在我們的生命裡還是佔有不可或缺的地位，但如果要求我們專心一意地把所有心思放在愛情上，那是很強人所難的……喂，我只是實話實說，妳幹麼那種表情？」

「難怪那時他常會因爲我打電話給他，罵我佔用他太多時間。」

事隔多年我才恍然大悟，原來男生跟女生的心態是如此不同，女生要的是一生一世，而男生要的是沒有壓力，不過分追問的溫柔等候。

「他因爲妳打電話給他而罵妳？」

蘇諺齊露出不敢相信的神態，瞪大眼的表情看起來有些好笑。他一直都是溫文儒雅型的，很少有什麼大動作或誇張表情，看見他這樣，我反而感到有些新奇。

「是啊。」我點頭，「原來是價值觀不一樣！對我們來說，愛情是主食，但對你們男生來說，愛情就只是一碟配菜。難怪這世界上談戀愛的男男女女一天到晚都在吵架，互相叫囂說你不懂我！」

「不過，還好不算太晚，現在妳懂得男生與女生的不同需求，也許在下一段感情來臨的時候，妳可以更得心應手。」蘇諺齊鼓勵我。

我淡淡一笑，老實回答，「其實我沒想到那麼遠，喜歡一個人對我來說是很累人的事，我太容易繞著自己喜歡的人打轉了。我的朋友曾經說過，一旦我談起戀愛，就會變成一個沒主見的人，生命好像全依附著對方而生，所以我的全心全意往往會變成對方沉重的壓力。我知道這樣不好，可是人有容易依賴的惰性，我特別嚴重，也很難改。有時我會想，被我喜歡上的人一定是上輩子作惡多端，才會遇見我，哈。」

蘇諺齊沒有馬上接話，他只是靜靜地看著我。我被他看得不自在了，只好刻意笑開了臉，玩笑般地說：「幹麼？被我嚇到了吧！不過就算被我嚇到你也不能逃避，如果你有條件不錯的朋友，還是要想辦法介紹給我認識，林燕婷可是很擔心我會變成剩女。身爲她的朋友，我可不希望她因爲我嫁不出去而抱憾終身。」

「其實……」蘇諺齊又安靜了幾秒鐘才緩緩開口，「我也很希望我上輩子是個作惡多端的人……」

世界上動人的話語那麼多，每個談過戀愛的人，或多或少都曾經說過或聽過肉麻噁心的話，但像蘇諺齊這種不帶任何情或愛的字句，卻著著實實地敲動了我的心。

我沒有追問他說那句話的意思，在心底，我把它當作是一句愛的告白，雖然它可能並不是。

人是依附著謊言跟幻想才能生存的，我總是這樣認爲。

因爲有了幻想，胸口才會有那些隱約歡欣的悸動，生命也才有了期待。

之後的日子，我看蘇諺齊的眼光再也沒辦法一如我們初熟識時那麼單純。雖然他對待我如舊，但在心底，他卻猶如一枚插在我心頭上的針，越扎越深，一碰就會隱隱痠痛。

我開始渴望和他的單獨相處，開始期待聽見他的聲音，開始喜歡看見他的笑容，偶爾，我們還會在夢裡見面。

這樣的心事，是一道無法出土的祕密，它封印在我心底深處，是誰也無法探知的微酸心情。我開始有了莫名其妙的得失心，也開始害怕有一天，蘇諺齊交了女朋友，我就會永遠失去他。

眞希望那一天永遠不會來。

每一句隱藏在我心底的情話，那些酸酸甜甜的字句，全都透露出我喜歡你的訊息。

第三章．

我曾經問過你關於生命延續的意義，你說那是因爲愛。

我一直沒告訴你，我很喜歡你這樣的說法，因爲愛，所以我們將生命繼續延續下去，繼續愛，愛著那些總是能感動我們的人、事、物。

生命，因爲有那點點滴滴，而變得更美好了。

春暖花開的三月天，總是能帶來很多希望，那是魏蔓宜最喜歡的一個月分，她總說，她的好運常常發生在三月。

今年的三月，發生了幾件令人欣喜的事，第一件就是畫了許多年漫畫，並且立志當漫畫家的梁祐承，作品終於獲得出版社的青睞，並準備將他的作品出版。

這件事是我從大學學姊口中得知的，知道的時候，我除了訝異，更多的是開心。雖然我確實不大喜歡梁祐承某些作風，但他能有此成就，魏蔓宜一定會很高興，我有絕大部分的情緒是替魏蔓宜感到歡喜的。

魏蔓宜常說梁祐承是塊樸玉，他不是黯淡無光，只是未經雕琢，她十分單純地相信，總有一天梁祐承一定會功成名就。

老實說，跟梁祐承比起來，我覺得魏蔓宜更是辛苦，而且偉大。她永遠都是無怨無悔地支持著梁祐承，從不因爲他的窮困而看不起他，或是在我們面前抱怨他。

一個女人可以這樣義無反顧愛著一個男人，我想那必定是需要很大的勇氣，再加上永不磨滅的愛戀，才得以如此。

另一件好事，就是老擔心我會變成剩女的林燕婷，居然有交往的對象了！

這眞是跌破我的眼鏡！依我跟她這樣形影不離的情形看來，她居然還能有多餘的時間去認識別的男生，也確實很不簡單。

「快說！對方到底是何方神聖。」

坐在補習班附近的簡餐店，我咬著吸管，用凌厲的眼神看著笑得花枝亂顫、百媚千嬌的林燕婷，質問她整件事情的經過。

「哎唷，妳的反應未免也太大了吧！」林燕婷嬌滴滴的聲音讓我雞皮疙瘩掉一地「我談個戀愛，妳有必要驚訝成這樣？」

「廢話少說！」我說：「還有，不要用那種噁心的語氣說話，我會想吐。快點說啦，他到底是誰？」

「不就是修車廠那個我哥的同學嘛！」林燕婷臉上依然漾著甜蜜蜜的笑容。

「咦？之前沒聽妳說過他的事啊！怎麼？突然看對眼了？」

「他追我好幾年了嘛，以前從來不覺得他有什麼魅力，可是不知道爲什麼，前陣子開車去讓他保養，看他認眞工作的樣子，突然覺得他還不賴，越看越帥。」

林燕婷一說完就呵呵呵笑了幾聲，那聲音聽起來眞的是刺耳得令人非常不舒服。

「妳就因爲他越看越帥，然後接受他？」

「對啊。」林燕婷十分誠實地點頭，「男女交往的第一要件，不就是要順眼嗎？他現在已經順我的眼了，我當然就會考慮要不要跟他再進一步。重點是，他工作很認眞，對朋友也很好，我哥常在我面前誇讚他耶。」

「你哥該不會是想幫他追妳吧？」

「才不是！我哥是有幾分事實就說幾分話的人，他不會爲了讓他朋友在我心裡加分而故意說好話，而且……我哥還不知道我跟他交往的事。老實說，我是有一些擔心，怕我哥會反對。」林燕婷皺起眉頭，有些煩惱的樣子。

「他不是妳哥的好朋友嗎？」我有些困惑地看著林燕婷，這女人，果然談了戀愛整個人就不一樣，突然像個發光體一樣，全身上下都亮起來了，漂亮得讓人有些移不開眼睛。

「他們是好朋友沒錯啊，但以前我哥也曾經當我的面告誡過他，叫他別碰我。要是以後我跟他結局是好的那倒沒事，萬一鬧翻了，他們哥兒倆的感情也肯定會完蛋。我哥說他是無條件挺自己妹妹的。」

「妳有個好哥哥耶。」

「才不好！他太感情用事了，我倒寧願他理智一點，不然，跟他朋友談個戀愛還綁手綁腳的，一下子擔心這個、一下子煩惱那個的。妳都不知道，自從我答應跟我男朋友交往，腦細胞不知道死了多少！好怕他跟我哥十幾年的交情會因為我而毀了。」

「應該沒這麼嚴重吧！」我安慰她，「說不定妳哥只是嘴上說說，警告意味比較重而已啦。」

「希望是這樣。」林燕婷嘆了一口氣，說完馬上擠出笑容，看著我說：「那妳呢？妳跟蘇諺齊有沒有什麼進展？」

一聽見「蘇諺齊」這三個字，我的耳朵馬上灼熱起來，心臟撲通撲通用力跳著，我努力維持臉上平靜的表情淡淡地說：「幹麼扯到他？還不就是這樣！大家都是同事。」

「才沒這麼單純呢。」林燕婷嘴邊噙著戲謔般的笑意，好像立刻忘了她自己剛才的煩惱。她把身體向我傾近，說：「我跟他也是同事啊，但他怎麼就不請我吃消夜什麼的，卻老給妳這樣的福利？」

「因為……因為他嫉妒我瘦，想讓我變胖，好大聲地嘲笑我。」我在情急之下亂說一通。

「喔？」林燕婷促狹地朝我眨了眨眼，「我也好想讓他大聲嘲笑我喔。」

「沒問題。」我迅速回應她，「這件事我會幫妳轉達。」

林燕婷馬上刻意收起笑容，繃著臉說：「妳還眞的滿無聊的耶！眞的不考慮讓他成爲妳男朋友？」

「神經呀妳！」我躲開林燕婷的注視，拿著吸管在杯裡攪，攪出一個小漩渦，「這件事妳提過幾百次了，眞正無聊的人是妳才對吧！就跟妳說了，那是不可能的事，人家也沒那個心。」

「我看是妳沒那個心吧！」

「反正大家都是同事啦，妳別去他面前亂造謠，我覺得我們這樣子很好，是可以談天說地的朋友，也是可以一起吃吃喝喝的飯友，我沒想過我跟他未來會有什麼可能性，單純一點的關係或許才是最適合我們的。」

林燕婷沒再接話，她看著我半晌，才低頭說：「我覺得妳是在害怕。」

晚上下班後，蘇諺齊跟我約了要一起去吃消夜。

「再這樣下去，我跟你一定都會胖死。」

坐在小吃攤前，我一面吃著臭臭鍋，一面朝坐在我面前的蘇諺齊說。

「妳會擔心？」他抬頭看了我一眼，問道。

「當然會！」我夾了塊熱呼呼的豆皮，邊吹邊說：「而且這一鍋吃下去，熱量恐怕難以數計，我想不胖都很難。」

「妳有的是本錢多吃，怕什麼？」蘇諺齊笑著，「而且，妳很特別妳知道嗎？我提議吃臭臭鍋，妳連考慮也不多考慮一下，馬上就點頭說好。在我認識的女生當中，妳可是第一個耶。」

蘇諺齊其實不知道，因為約我的人是他，所以我才會連考慮都不考慮就答應。要是別人，我或許搖頭的機率會大上許多。但是我當然不可能這麼對他說，於是我淺淺一笑，「這麼好吃的東西，除了怕胖，我想不出有什麼拒絕的理由。」

「很多女生會嫌它臭，吃完身上就會沾上一股怪味，所以不敢吃。」

「嗯，這理由我覺得太牽強，臭臭鍋如果不臭就不叫臭臭鍋啦！而且它就是要越臭才會越香嘛。」

我說著，從我的鍋裡撈出一小束金針菇，放進蘇諺齊的鍋子裡。「金針菇給你，我不喜歡吃。」

蘇諺齊把我前一秒丟進他鍋裡的金針菇又撈起來放進嘴裡，吃得很滿足的表情。

「金針菇這麼好吃，妳為什麼不吃？」他問。

「就是不喜歡。」

「我發現，很多妳不喜歡的東西我都特別喜歡耶。就像妳不喜歡鮮奶、紅豆餅、青椒、金針菇……這些剛好都是我超喜歡吃的。」

「所以你的意思是？」

「我覺得我們是非常互補的。」

「啊？」

我的心臟怦怦跳，看著蘇諺齊一派從容的微笑，好像連血液都凝結了。他頓了頓才又說：「我的意思是，我們兩個人在吃的方面是十分互補的，不會搶食，也不會浪費食材，是最佳飯友。」

聽完他說的話，我只是扯開嘴角淺淺一笑。我以爲他會說什麼感動人心的話，而原來這才是他的肺腑之言。我不禁有點失望地笑了。

其實，許多感人的話語，都隱藏在日常裡，舉手投足間，那細微的愛便會顯露。

或許，我眞的像林燕婷說的，是在害怕的。

那種心情，是一種近情情怯。

我記得，小時候我曾經很喜歡一個在玩具店櫥窗裡看到的大泰迪熊，有將近一年的時間，我幾乎天天往玩具店跑，就爲了看那隻泰迪熊一眼。

後來這個祕密被我爸知道，他問我，「妳生日我買這隻熊送妳，好不好？」

我記得那時我很肯定地搖頭說不要。

「爲什麼？」我爸問我。

「因爲，我不知道再過幾年我會不會還是這麼喜歡它，所以，還是不要好了。」

與其不能長廂廝守，我寧願不曾擁有。也許，沒有結局，才是最美的結局。

懷念，總是比較長久，幻想，永遠比較美。

我承認我很矛盾，在感到幸福的時候總會擔心終點的來臨，在擁有的時候，害怕可能會失去。

林誼靖曾經說過，我這種個性會害了自己一輩子。她說，喜歡一個人，就不要去設想太多未來的事，就算對方只是自己生命裡的一段旅程，也要用心地去享受過程。

「人生本來就是由各種不同的旅程集結而成的，每一段旅程，都有不一樣的景致，妳如果因爲害怕失去，就退縮裹足不前，那妳的人生將只剩幾幅單調的風景，體會不出更深刻的感受。悲歡離合，才是生命的常態。」林誼靖是這麼說的。

我雖然知道，但我就是做不到。

現在想起來，我還是不知道爲什麼當初我會跟江瑞志走在一起，也許因爲那時眞的太年輕了，又或者是因爲太喜歡他，喜歡到可以不顧一切的程度吧。

愛一個人，往往會讓人擁有勇往直前的傻勁。

即使因爲我的過度設想和患得患失，讓之後的我們在那段感情中嘗了許多苦頭，變得不再快樂，但我還是很感謝江瑞志，他曾經讓我的心飽滿豐盈，他讓我更明白：原來愛一個人，是不能把對方緊緊握在手裡的，那會讓一段感情窒息得更快。

要承認自己喜歡一個人是件不容易的事，尤其是像我這樣的女生。

但經過多方的事實證明，我知道蘇諺齊已經在我的生命裡，佔有舉足輕重的地位，我開始常常想起他。

當然，這樣的祕密我是不敢向任何人提起的，尤其是林燕婷那個大嘴巴。

依她那種雞婆的個性，要是讓她知道了，不出三天一定弄得全台灣人盡皆知。

我不敢冒這個險。

說穿了，暗戀就是這樣，甜蜜又委屈，是一種虐心的行爲。

當我的暗戀持續進行的同時，林誼靖的愛情卻開始有了裂痕。

她和她的男朋友發生了嚴重爭吵，於是躲到魏蔓宜家。她說她並不是眞的想捨棄他，她只是想躲起來，躲到一個他找不到她的地方。她說她知道自己在他心裡是有重量的，只是她想知道，在他心中那塊角落，她的價值有多重。

有時我眞的還滿佩服她的。她總是明白自己在做什麼。明知道這段愛情是條險途，到不了終點，也看不見美景，卻還是義無反顧。

魏蔓宜說她做不來林誼靖這樣的決心，我也是。

我們都想要自己的愛情有結果，都想要 happy ending，而林誼靖只想要刻骨銘心的過程。

林誼靖來找過我幾次，每次她都拎著啤酒來，偏偏我只能用汽水跟她乾杯。

有一次，她氣惱地瞪著我，「妳這樣實在非常沒有誠意耶，我失戀了要找妳喝酒，妳總是拿汽水敷衍我。」

「一樣是有氣泡的東西，妳別計較嘛，都差不多呀。」

「差不多才有鬼！妳不要把幼稚園程度的東西拿來跟大學程度比。」

「妳需要的不過就是有人陪，喝什麼其實並不重要，對吧？」我說。

「才怪！」林誼靖嘴硬地搖頭，「喝什麼很重要。如果今天妳陪我喝啤酒，我就會覺得妳其實跟我是站在同一邊的。那感覺就像我們一起批評同一個人一樣，有時候，感覺很重要。」

於是，那次我放下堅持，喝了她拿來的一瓶啤酒，只爲了她所說的「感覺」。

結果隔天，我頭痛了一整天。

「這就是宿醉嗎？」

那天，林燕婷請假沒來，中午蘇諺齊找我一起吃午餐。我坐在餐廳裡一邊按摩太陽穴，一邊皺著眉向蘇諺齊細訴我喝啤酒的經過。

「不是才一罐而已嗎？而且啤酒濃度也不高啊。」

蘇諺齊從他隨身攜帶的公事包裡掏出一支薄荷棒遞給我，「在太陽穴附近抹一抹，應該會舒服一點。」

我乖乖地在兩邊的太陽穴上各抹了幾下，又說：「可是我聽說有人喝綠茶也會茶醉啊！」

「那也許吧。」蘇諺齊笑了笑，「我沒醉過，問我這個其實不太準。」

我好奇著，「魏小胖不是也會灌你酒？他灌你酒，難道你都沒被他灌醉過？」

「是啊！但我會想辦法跟其他人使眼色，讓他們來救我。小杜學長跟劉大常常是我救火團的基本成員，眞的躲不過時，我就意思意思陪小胖喝一杯，再裝醉，通常這招有點用。小胖看我假裝醉死趴在桌上，就會轉移目標，不會再灌我酒。」

「我覺得你裝醉這招我要學起來，萬一以後我同學又要叫我陪她喝酒，我一定要喝個兩口就假裝醉倒，睡死在一旁，不然，像今天這樣頭痛眞的很不舒服。」

然而，事實證明，那只是我一廂情願的自以爲是。

林誼靖才不是省油的燈，她那個人精到一眼就能分辨我是眞醉還是假醉。

而且啤酒還是小 case，在魏蔓宜失戀出國那段時間，林誼靖因爲沒人陪，三天兩頭就把我找去魏蔓宜家陪她。一開始只是叫我陪她喝啤酒，後來發狠了，居然找出魏蔓宜珍藏的洋酒，加了冰塊後，硬要我陪她喝。

「不喝妳就是沒義氣。」她說。

「義氣」這兩個字是全世界最折磨人的字。爲了義氣，我屏住呼吸，喝下濃度百分之四十的洋酒。爲了義氣，我體驗到眞正的宿醉是什麼。爲了義氣，我全身起酒疹癢到不行，還請了三天假不敢去上班。

義氣，眞是害人不淺的東西呀！

而這個世界上害人不淺的，除了義氣，還有愛情。

出人意料地，魏小胖生日過完的一個月後，在劉慧妤剛飛完法國航程回來休假的期間，兩個人相約出去吃消夜時，魏小胖告白了。

「結果呢？」

蘇諺齊告訴我這件事的當下，本來躺在被窩中昏昏欲睡的我，瞬間整個人從床上彈跳起來，睡意盡失。

「妳想呢？」蘇諺齊賣起關子。

「被拒絕了？」我小心翼翼。

「嗯。」

「眞的被拒絕了？」

我雖然能猜到結果，仍有些不敢置信。他們兩個明明是感情很好的麻吉，也許比任何人都更了解對方，卻始終沒辦法走在一起。

要成就一段感情，或許是需要天時地利人和的。

他們也許是最適合的一對，卻迫於種種的原因，而擁抱不了彼此。時光錯落了他們的緣分，明明靠得最近，卻貼不了心，走不進永遠。

時光錯落的緣分，往往是最沉痛的遺憾。

據說，魏小胖最近心情不是很好，我找了一個假日下午，特地買了幾樣魏小胖喜歡的小吃，帶到練團室去請大家吃。

「哇！妳中樂透還是統一發票？買這麼多東西來。」

小杜學長一見我拎著香噴噴的食物來，馬上眉開眼笑開心地接過我手上的袋子，一袋一袋地檢查我買了些什麼東西來。

「最近太忙了，都沒過來跟大家聊聊，正好今天有空，過來的時候就順道繞去買些東西來跟你們一起吃吃喝喝，聊一聊天。」我笑著。

劉大跟蘇諺齊都靠過來張羅盤子跟筷子，只有魏小胖一個人坐在一旁的高腳椅上，不停撥弄電吉他的絃，彈著不成調的樂音。

我假裝無意地走過去，用手指戳戳魏小胖的肩膀，臉上漾著笑，說：「嘿！不過來一起吃嗎？我買了你最喜歡的鹹酥雞耶。」

「謝謝，你們吃就好，我減肥。」

「幹麼減肥？你這樣身材剛好，減了肥就不是我認識的魏小胖啦。」

「有人一天到晚老說我胖。」魏小胖頭也不抬，聲音聽起來悶悶的，他接著說：「算了，趁機減肥也好，省得老了糖尿病、高血壓的。」

我一時語塞地怔怔看著魏小胖，他這個樣子我好不習慣。偏偏我又最不會安慰人，那些好聽的話我一句也說不出來。

「喂！搞什麼自閉？來吃東西了啦！」

小杜學長大概察覺到我的窘境，連忙用竹籤串了幾塊肉遞到魏小胖手裡，豪氣萬千地說：「死有重於泰山，有輕於鴻毛，你不要爲了那些小情小愛弄得整個人死氣沉沉的，一副魂不附體的死樣子。人家小沈兒特地買東西來，還專挑你愛吃的，你不要掃了人家的興。」

魏小胖也不知道是被小杜學長這番話點醒，還是刻意裝出沒事的樣子給我們看，沒多久，他就嘻嘻哈哈跟大家玩成一片，還自己跑去便利商店買了幾瓶啤酒來助興。

大夥兒吃吃喝喝聊得正起勁時，劉慧妤來了。

劉慧妤一來，魏小胖就安靜了。

魏小胖冷著一張臉，一言不發地喝著他手裡的啤酒。

劉慧妤看了魏小胖一眼，便若無其事地坐到蘇諺齊身旁去，跟小杜學長攀談起來。

魏小胖很快就喝完一瓶啤酒，隨即又開了一瓶猛灌。

我見狀，搶過魏小胖手上的啤酒罐，笑著說：「喂，你很小氣耶，說要給大家解渴的，結果自己喝那麼多罐。我口渴了，分我喝幾口，好不好？」

魏小胖動作也很迅速，馬上從我手中奪回他的啤酒。

「妳不是說妳喝酒會起酒疹？」他問。

我又傾身過去搶走那罐啤酒，「現在症狀比較沒那麼嚴重了，而且我口很渴，你不要那麼小氣。」

正要把酒罐放近嘴邊，手上的啤酒又被搶走。

「我也渴了。」

蘇諺齊說完，就大口喝光了那瓶啤酒。

全場的人都傻眼地看著他。

蘇諺齊一喝完馬上站起來，接著抓住我的手腕，把我從椅子上拉起來。

「走！我陪妳去買飲料。」

他拉著我，在全場人持續傻眼的目光中，走出練團室。

一直到走在大街上了，他才鬆開我的手。

我的心跳很紊亂。最近這種情況常常發生，尤其是和他單獨相處的時候。

也許是尷尬，或者是他不知道要說些什麼，我們就這樣沉默地走了一段路。

我安靜地邊走邊看著腳邊我和他的兩道影子交疊在一起，多親密，好像相互擁抱的戀人。

「妳……」沉默了一陣之後，他終於出聲，「會起酒疹，還是少喝點酒好。」

我不吭聲，依然安靜地走著。

「喂……我沒有責怪妳的意思，妳不要誤會！」見我沒出聲，蘇諺齊誤以為我在生氣，又急忙解釋，「我只是覺得女生要懂得保護自己，尤其是有男生在場，可以不要喝酒就不要喝，有些男生一旦黃湯下肚，就會變得跟平常不一樣……」

「但是你會保護我啊。」我停下腳步，看著他，不經思索地說。

才說完，我的臉頰跟耳朵就迅速地熱起來。

蘇諺齊只是深深地看了我一眼，沒說話，繼續邁開腳步往前走。這回換我焦躁不安了，木然地跟在蘇諺齊的後頭走，懊惱自己怎麼會說出這樣的話。

這不是我的作風，我明白自己從來就不是衝動派的人，但不知道爲什麼，在蘇諺齊面前我就是理智不了。

而且情況越來越糟糕。

我們去便利商店買了飲料，又走回練團室，一路上，蘇諺齊都沒再開口跟我說過什麼話。

回到練團室時，小杜學長和其他幾個人剛好拿著樂器在練唱這幾天他寫好的歌，蘇諺齊說下個月他們受邀去參加一個公益活動，好幾個地下樂團都受到邀請，他還笑說，他們這團應該是這些地下樂團裡的「老人團」。

劉慧妤坐在一把高腳椅上，安靜地看著小杜學長他們，魏小胖則一反常態地站在鼓手旁邊彈他的貝斯，不像平常那麼搞怪地站在主唱旁邊跳來跳去。

明明是很歡樂的音樂，但我卻在魏小胖臉上，讀到寂寞的情緒。

蘇諺齊依然不言不語地走到一旁，拿起他的電吉他加入他們的行列。

劉慧妤在蘇諺齊加入練習之後，朝我招招手，又拍拍她身旁的高腳椅，要我過去跟她坐在一起。

我從買來的飲料裡挑出一瓶果汁，走過去遞給她。

「謝謝。」她接過，溫婉地笑著。

「不客氣。」

停頓了幾秒，劉慧妤沒看我，卻開口問著，「妳是不是知道小胖跟我的事？」

我怔忡片刻，然後誠實地點頭。

劉慧妤扯開嘴角，淡淡勾出一個弧線，用啣著濃濃哀傷的語氣說：「我跟他，恐怕連朋友都做不成了。他爲了這件事不再理我了。」

「小胖不是那樣的人，他可能只是有點傷心，或許再過一陣子，等他心情恢復一些，他就會淡忘掉，你們又能像以前那樣了。」我急著幫魏小胖解釋。

「妳不了解小胖。」劉慧妤搖搖頭，看著我，「在感情世界裡，他向來不是有自信的人，他以前那幾段感情都傷他太深了。我知道他喜歡我，但我就是沒辦法跟他發展出朋友以外的感情，所以我一直裝傻，也一直祈禱他能把表白的話放在心裡就好，不要說出來。因爲我知道，一旦我拒絕他，他就會像蝸牛一樣縮回自己的殼裡，我跟他多年的交情也可能付之一炬……只是我沒有想到，他竟然眞的還是說出口了。」

我有些手足無措，不知道該說些什麼，這種時刻好像說什麼都不對。我不是當事人，不能體會他們心裡的掙扎苦痛，只能安靜，只能傾聽。

「我其實是很喜歡小胖的，因爲不管時間多晚或者他有多忙，只要我想找他說話，一通電話過去，他就能放下手上的事，專心地聽我訴苦，或者一句話也不說地抱著話筒聽我說一整夜的話。在我的生命裡，沒有第二個男生可以像他那樣寵我。他這個人有多好，沒有人比我更知道了，但我就是沒辦法愛他。」

劉慧妤仍微笑著，那笑裡，依然有悲傷的味道。她看著在練團室裡那幾個因爲熱中音樂而交情深厚的男生，輕輕地說：「他對妳眞的很好，好到我望塵莫及，那曾經是我渴望的，可惜，他終究不能屬於我。」

我一臉茫然地看著劉慧妤，不明白她話裡的意思。

「我沒有辦法接受魏小胖，是因爲我的心裡一直都有蘇諺齊，不是移情作用也不是太寂寞，而是眞正的喜歡，所以才能堅持這麼多年，就像魏小胖喜歡我一樣地喜歡著蘇諺齊，喜歡到只要能在他身邊看著他的喜怒哀樂，就算不在一起也沒有關係。」

或許最美的愛情，就是沒有結局的愛情，因爲走不到永遠，才能一輩子銘記懷念。

魏小胖出事的消息傳來時，我正在睡夢中。迷迷糊糊地接起電話，蘇諺齊的聲音驚慌地從話筒另一頭傳來，一聽見魏小胖出車禍正在醫院急救中，我瞬間清醒過來。

蘇諺齊問我要不要過去醫院看小胖，我急急答應，他說他已經在路上，會過來接我。

掛下電話後，我才發現自己身體抖得好厲害。

一種倉皇失措的恐懼緊緊攫住我，就算是雙手緊緊環抱住身體，依然沒辦法停止地不斷顫抖著。

出門前，我試了好幾次才把鑰匙準確地插進鑰匙孔，鎖上門鎖。

我努力地深呼吸，努力不讓自己胡思亂想。但在見到蘇諺齊那一刻，我的眼淚就潰堤了。

「小胖他……要不要緊？」我哽咽著。一出聲，我才知道原來自己眞的很害怕。幾個鐘頭前還在我面前刻意裝作沒事，笑鬧得很吵、很大聲的小胖，在我離去前還高分貝跟我說再見的小胖，我害怕他不再跟我說話。

「不知道。」蘇諺齊皺著眉，那表情看起來很恐慌，我從來沒看過他這樣。在我面前，他始終都是微笑著的。

兩個心懷惶惑的人，就這樣安靜飛快地開車衝到醫院，誰也沒有安慰誰，誰也沒再多說一句話。我們都在努力，努力讓自己不崩潰。

但努力撐起來的堅強，在見到那群守在手術室外的熟悉面孔後，徹底瓦解。眼淚紛飛，我只是用力抓住劉大向我伸過來的雙手，一句話也說不出來。

「沒事的，魏小胖他一臉福相，一定不會有事的，小沈兒，妳不要難過。」

劉大拍拍我的頭，又說了一些試圖讓我寬心的話。

小杜學長坐在一旁的長椅上，只是抬起頭，面無表情地看著我們。還有平時不常出現，只有練團才會現身的阿飛也滿眼紅絲地坐在一角。

沒多久，劉慧妤拎著一袋東西走過來，她看見我時，扯開嘴角對我淡淡一笑，然後問我要不要吃點東西。

「不要。」

我搖頭，在心裡偷偷訝異著：魏小胖命在垂危，她怎麼還有心情吃東西？即使他們的感情跟男女之間的愛情畫不上等號，至少也還是很聊得來的好友，爲什麼她可以這麼不在乎？

蘇諺齊見我哭得厲害，走過來牽住我的手，把我拉到一旁的椅子上坐著。他說：「別擔心，妳要相信小胖會沒事的。」

明明自己比我還擔心，還是努力安慰我。蘇諺齊的手這一握就再也沒放開過。

劉慧妤一直很忙碌地走來走去，一下子拿蘋果問有沒有人要吃，她可以削蘋果給大家吃，一下子又問有沒有人口渴想喝飲料，她買了好多種飲料，也有咖啡。

但在這個節骨眼上，我們全都沒有胃口。

劉慧妤每隔幾分鐘就會從她帶來的大塑膠袋裡拿出一堆東西，捧著那些東西到大家面前，一一問著有沒有人想吃東西。

「劉慧妤，妳過來這邊坐好，不要再這麼忙了，沒有人有心情吃東西。」

最後，小杜學長看不下去，走過去要拉劉慧妤的手，被劉慧妤躲開了。

「小杜學長，你不是最喜歡喝啤酒？我買了啤酒喔，要不要幫你開一瓶？」

劉慧妤邊說，邊從袋子裡揀出一罐啤酒，「啵」地一聲壓開拉環。

「喜歡喝啤酒的不是我，是魏小胖。」小杜學長皺著眉。

「……對喔，喜歡喝啤酒的是小胖，不是小杜學長……早就叫他不要這樣喝的，他都不聽……」劉慧妤的眼睛空洞地看著小杜學長，嘴裡喃喃，「他為什麼總是不聽話？早跟他說的呀……」

「喂，劉慧妤，妳不要這樣。」小杜學長察覺出劉慧妤的異樣，他搖搖她的手，低聲地說：「妳要不要去坐一下？妳這樣走來走去應該也累了吧？」

「我不累。」劉慧妤搖搖頭，扯了扯嘴角，又問：「小杜學長，那你要不要吃點東西，或喝杯咖啡？」

「我不餓也不渴，我什麼東西都不要吃。」小杜學長的語氣有些無奈。

「要不然……要不然我削蘋果，切成一小塊一小塊的，等小胖出來就可以吃了，你說好不好？」

我看著劉慧妤，聽著她說的話，突然心酸了起來。

「小胖出來不一定能馬上吃東西，妳先別忙，等小胖可以吃東西了，妳再每天削一顆蘋果給他吃，好不好？」小杜學長又說。

「可是、可是……我很怕啊……」劉慧妤說著說著，突然低下頭，肩膀不斷顫動著，她哽咽的聲音透出龐大悲傷，「我很怕小胖再也不會理我了，也怕再也聽不見小胖的聲音了。小杜學長，我真的很怕……」

我這才知道，原來劉慧妤不是無情，她只是一直在忍耐。她很不安，不知道該怎麼辦，只好想辦法讓自己忙一些，讓自己有些事情做，才不會胡思亂想。

像一種隱忍的情緒突然有了出口般，劉慧妤痛哭失聲起來。她蹲在地上，把臉埋進掌心裡，悲痛的聲音從指縫間不斷不斷傾洩而出，誰也勸不住。

「讓她哭吧。」最後，劉大走過來低聲地說：「她忍耐太久了，拒絕小胖的時候她也很痛苦，卻要裝作無所謂。現在小胖出事，我們裡面最痛的人肯定也是她，畢竟，她跟小胖的交情，不是我們幾句話就能論定的。」

眼淚是一種極具傳染力的病症，看見劉慧妤哭，我好不容易停住的淚水又開始汩汩流下。

一旁的蘇諺齊沒有出聲安慰我，他只是把我的手握得更緊，好像要把我身上的悲傷吸走，把他身上的勇氣傳遞給我。

可惜，女人的淚一旦開始就很難停止。

劉慧妤蹲在地上哭了足足有半個小時以上，我的眼淚也掉了半個小時以上。最後，是小杜學長看不下去，硬是把劉慧妤拉起來說要帶她出去走一走，才終結我們兩個女人的淚海。

小杜學長跟劉慧妤離開後，劉大才在蘇諺齊的追問下述說魏小胖發生事故的經過。

「你們離開後，劉慧妤也說要回家。她前腳才踏出去，小胖後腳就追出去。我那時也沒有想太多，整理了一下才離開，哪知我才走出管理室，就看到小胖跟劉慧妤站在路旁吵架……其實也不算吵架，劉慧妤並沒有說話，我只聽到小胖不知道在跟她吼什麼。後來，兩個人看見我走出去，就都不說話了，隔了半分鐘，小胖突然跳上他的摩托車，也不管我跟劉慧妤在一旁大叫，咻一下就飛快騎走了。再來，就是這樣了……」

多麼笨的魏小胖！明明知道喝了酒不能騎車，平常也會這樣告誡我們，偏偏自己情緒一來，就整個人賭氣不聽話。

「愛到卡慘死！」最後，劉大用閩南語這樣說著。

如果這個世界上的緣分，都是一對一對配對好的，或許就不會有那麼多愛恨痴嗔。

魏小胖從手術室推進加護病房後，一直沒有醒來，醫生說，小胖的狀況不是很好，他的腦部受到嚴重的撞擊，雖然已經開了刀，清出血塊，但醫生不能保證小胖是不是能再睜開眼，對我們說說笑笑，或許有一天，他會突然醒來，也或許，一輩子會成為植物人，醫生說，未來幾天是重要的觀察期。

醫生的話一講完，我跟劉慧妤就淚崩了。

我的手顫抖著，用力摀住自己的嘴，努力不讓自己哭出聲音，卻怎樣也忍不住不斷從眼裡跌落的哀傷。

相對於我們女生的直接反應，男生們好像就壓抑許多，他們不像我們反應這麼激動，只是在聽完醫生的話之後，劉大恨恨地握緊拳頭罵了聲，「媽的！」就走出去了。

小杜學長則皺著眉，走過去攙扶劉慧妤，她已經站不住腳，整個人搖搖欲墜地坐在一旁的長椅上痛哭。

阿飛不發一語地離開現場，蘇諺齊則是安靜地站在我身旁，眼眶紅紅的。

我哭了一陣子，才發現蘇諺齊的異樣，他不動，也不說話，眼睛就這樣直直盯著他眼前的那片牆看，好像那上面有什麼精彩的畫面一般。

我好害怕，很擔心蘇諺齊這個樣子是不是有點不正常，擔心小胖發生這樣的事，對他的打擊是不是太大了些，他已經失去一個很要好的高中同學，如果再失去小胖這個好朋友，我不知道他會變成什麼樣子。

「蘇諺齊……」我腫著一雙眼，拉拉蘇諺齊的衣角，他轉頭過來，看看我，又對我露出一個看起來有些淒然的微笑。

「你、你沒事吧？」我又問。

蘇諺齊搖搖頭，笑著，「沒事。」

他說「沒事」的時候，眼眶就紅了。

我拉著他，說：「小胖現在在加護病房，我們也見不著他的面，要不要……我陪你出去外面走一走，或者，我送你回家，你先睡一下，晚一點我們再來看小胖？」

蘇諺齊沒說話，小杜學長聽見我們的對話，又接收到我向他拋過去的求救眼神，馬上會意地走過來，拍拍蘇諺齊的肩膀，說：「我已經通知小胖的家人了，小胖的爸爸晚點就會到。我看呢，你們還是都先回去休息一下吧！大家折騰了一夜，都累了，回去補個眠，晚點加護病房開放的時間到了再過來，不然守在外面也是見不到小胖的。」

我又拉拉蘇諺齊，看他的眼神裡，有某種程度的擔憂。

蘇諺齊看到了，他大概也不想我為他擔心，於是摸摸我的頭說：「好，我們先回去。」

聽見他這麼說，我整顆懸宕的心，才終於落了底。

回去的路上，蘇諺齊堅持要開車，他說：「別擔心，我還不至於累到沒辦法開車送妳回家。」

然後，一路上他不再開口說任何一句話。

我坐在一旁安靜地偷看他，看他開車時專注的神情，看他握著方向盤那雙好看又修長的手指，看他不發一語的堅毅側臉，看他緊抿著的嘴唇……我突然好想念他的微笑。

劉慧妤喜歡的蘇諺齊，也是總溫柔微笑著的蘇諺齊嗎？或是，她愛上的，是更多更深層，而我沒看見過的蘇諺齊？

昨天晚上我沒有機會多問她，當她向我坦白她對蘇諺齊的心意時，我只是被深深震撼住，完全沒辦法多加思考。

我不知道蘇諺齊曉不曉得劉慧妤的心意，但在這一刻，我卻很自私地希望蘇諺齊什麼都不明白。

魏蔓宜說得對，當你開始對一個人動心，開始對一段感情認真了，你就會變得自私，更會開始有了佔有慾，開始變得小心眼。

我承認，我似乎變成這樣有些討人厭的人了。

人，一旦喜歡上另一個人，開始會在乎，有了得失心，也就開始寂寞了。

蘇諺齊送我到我家樓下，我問他要不要上來坐坐，他只是搖頭，微笑裡有一抹憂傷的味道，他說：「妳好好休息，晚點我再打電話給妳。」然後就走了。

目送他離去的背影，我的心，突然有了寂寞的感受。

蘇諺齊跟補習班請了三天假，他天天往醫院跑，我卻礙於教學進度，沒辦法向班主任請假，只好一天撥幾通電話過去，問問蘇諺齊關於小胖的狀況。

蘇諺齊說，小胖是單親家庭，家裡還有個老奶奶，小胖的爸爸爲了不讓老奶奶擔心，忍著悲傷沒讓老奶奶知道小胖車禍昏迷的事，加上上班的地方請假不容易，一天也只能撥個時間來探望小胖一次，只好千拜託萬拜託，請求蘇諺齊他們幾個人幫他看顧小胖，若有任何突發狀況，千萬要告訴他！

「小胖的爸爸一邊說，一邊哭得很難過，手背不斷地抹著臉，眼淚卻越掉越多，我們看著，心也都糾結了。」蘇諺齊嘆著氣。

他又說，劉慧妤也向公司請了一星期的假，她天天去看小胖。蘇諺齊還說，劉慧妤的眼淚好像六月的梅雨季，總是在看過小胖後，淚水就掉個不停，誰來勸都沒有用。

第三天晚上下班時，我才剛走出補習班門口，一眼就看到停在外面那輛熟悉的鐵灰色轎車，那是蘇諺齊的車。

他搖下車窗，側著頭，對我微笑。

那溫暖的笑意，是我記憶裡熟悉的笑容。

我跑了過去。

「我送妳回家。」他說。

我點頭，愉快地坐上蘇諺齊的車，再把手上自己的汽車鑰匙丟進包包裡。

「小胖怎麼樣了？」

車子才剛上路，我就急巴巴地問。蘇諺齊今晚的心情好像還不錯，我很希望他告訴我的答案，是小胖已經清醒過來，而且沒有喪失記憶。

不過，蘇諺齊卻告訴我，「老樣子，還是在偷懶。那小子再這樣睡下去，一定會變成大胖子，以後就要改口叫他魏大胖了。」

我有一些些失望，雖然已經慢慢接受小胖昏迷的事實，卻還是懷念那個又跳又笑又愛鬧我的魏小胖。

這幾天，我常會有種時空錯置的奇異感受，感覺好像小胖其實只是貪睡著，並沒有發生什麼事，沒有那場自撞安全島的車禍，沒有那段緊盯著手術室燈號的記憶，沒有劉慧妤跟我淚眼迷離的曾經……

如果時光能夠倒轉，轉回我拎著一大袋小吃去找小胖的那一天，我一定不會比小胖先離開練團室，無論如何，我一定會堅持開車送魏小胖回家，確定他安全進到他的房間後才離開。

只是，如果時光眞的可以倒轉，這個世界上，就不會有那麼多的遺憾了。

「要不要去走一走？」

停紅燈的時候，蘇諺齊突然轉頭問我。

「好啊。」我沒有絲毫猶豫。

蘇諺齊把車開到便利商店，買了一些關東煮跟兩杯咖啡，然後開車上山。

坐在半山腰的空地上，我們的腳下是流動的金色車河，頭頂上還有整片明滅閃爍的星空。

蘇諺齊把咖啡遞給我時，我還開玩笑地對他說：「這杯喝下去，我看你今天晚上大概要陪我講話講到天亮了。」

「那有什麼問題？」蘇諺齊看著我笑，「陪妳講一輩子都沒關係。」

一輩子都能和你有話講，快樂委屈都只與你分享，這是我心裡小小的願望。

後來，蘇諺齊聊起劉慧妤。

「她今天跟我說了一些話。」蘇諺齊雲淡風輕地說著。

雖然不知道劉慧妤跟蘇諺齊說了什麼，但當我聽見他這樣開口，心裡頭卻隱隱地不安起來，有股莫名的躁動緊緊包圍住我。

「她說了什麼？」

蘇諺齊沒有馬上回答我的問題，他只是從裝著關東煮的盒子裡找出米血，遞到我面前，語氣溫柔地說：「喏，這妳愛吃的，我買了兩根，都是妳的。」

我接過他手上的米血，咬了一口，卻食不知味地咀嚼著，眼睛還是直愣愣地盯著他看。

他不疾不徐地又拿出一根黑輪往自己嘴裡塞，直到咬了第二口，才發現我一瞬也不瞬地盯住他的目光。

「怎麼了？」他拿下嘴邊的黑輪，放到眼前看了看，又把那根黑輪舉到我面前，問：「還是妳想吃這個？」

我搖頭。

「不然妳怎麼一直盯著我看？」

「因爲你還沒回答我，劉慧妤今天跟你說了什麼話。」

「喔。」蘇諺齊笑了笑，「也不是什麼重要的，只是一些已經過去的往事……」

「是什麼？」我又問。

「就……劉慧妤說她以前曾經喜歡過我。」

她果然還是表白了！我以爲她會讓這個祕密永遠放在心底的，想不到，她還是說出來了。

「眞的？」我裝作毫不知情的模樣，還刻意睜大眼露出驚訝的神情，探詢地問：「然後呢？她希望能跟你在一起嗎？你的答案是什麼呢？其實劉慧妤眞的很不錯，條件很好，長得漂亮，工作穩定薪水高，外語能力又很好，你們還認識那麼久了，有一定程度的熟識，說不定也不會有磨合期的問題……」

我一面說著劉慧妤的優點，一面無法克制地心酸起來，越說越覺得自己跟劉慧妤比起來完全沒有競爭力，一整個慘到爆。

「我沒打算跟她在一起。」蘇諺齊還是淡淡地笑著，「而且她說那是曾經的事，是過去式，不是現在式，現在她最希望的是小胖趕快醒過來，可以再像以前一樣陪她說話聊天，聽她咒罵在飛機上遇到各式各樣機車的旅客，她說原來眞的是要等到失去了，才會知道曾經擁有的是多麼珍貴。」

我傻愣愣地望著蘇諺齊，不是不能明白他話裡的意思，而是訝異他在得知劉慧妤喜歡他這件事時，反應爲什麼還能這樣淡定。

「對於一個你喜歡的人，即使他只是打一個小噴嚏，你也會覺得驚天動地。如果對方不是你喜歡的人，就算他撼動天地，你也只是無感地走過，內心絲毫不會被擾亂。」魏蔓宜曾經這麼說。

「我沒有喜歡她。」蘇諺齊盯著我看，眼裡嘴角都是笑，「她確實如妳說的，是個條件很棒的女生，但不是我喜歡的那種女生。」

我沒回答，只是轉過頭，安靜地咬著米血，無意識地看著眼前那片綴滿星星的蒼穹。

「小胖的事她很自責，她說，那天晚上她對小胖說了一些重話，也許小胖會飆快車，發生車禍，是跟她說的那些話有關，她責無旁貸，她現在只希望小胖能快點醒來，她會盡力陪在小胖身邊，就算沒有愛情，至少他們有情比金堅的友情。」

蘇諺齊輕聲說著，「小胖發生這樣的事，對我的打擊也很大，雖然他的命保住了，但能不能醒來還是一個考驗。我是個無神論者，但小胖發生這樣的事，我嚇死了，所以能跑的廟宇跟教堂，我全去了，能求的、能祈禱的，我也全做了，就只是希望小胖可以睜開眼，再大聲地對我說，喂，阿齊！你多少也陪我喝一杯嘛，不然太不夠意思啦，朋友是這樣當的？」

當蘇諺齊學魏小胖說話的口吻時，我忍不住笑了，笑著笑著，眼淚就掉下來了。我說：「我好想念小胖……」

蘇諺齊看了我一眼，又摸摸我的頭，溫柔地說：「我也好想念他！以前總覺得他很吵，又老愛揪我喝一杯，現在卻很懷念他的吵鬧。如果他醒來，不要說一杯，就是十杯我也陪他喝。」

「你想把自己訓練成酒鬼二號嗎？」

「先陪他喝十杯，再幫他戒酒！我可不想今天這樣的事再發生第二次，我的心臟不夠大顆，沒辦法再承受這樣的衝擊。」

我抹掉臉上的眼淚，輕輕扯開嘴角，輕聲問：「會不會小胖明天就醒來了？」

「我也這麼希望。」蘇諺齊嘆了口氣，「我這兩天作了一個夢，夢見那天我們一起吃東西的情景，夢裡小胖一直叫我陪他喝一杯，我笑著拒絕了，然後夢就醒了。醒來發現原來是夢時，突然覺得很難過，好像一切都不是真的。原來，前一秒鐘還跟我們說說笑笑的人，下一秒鐘已經躺在那裡一動也不動了。如果這就是人生，那未免也太殘酷了。可是劉大說，人生就是這麼殘酷，它擁有一秒鐘就翻轉你整個世界的能力，讓你生不如死。」

我看著他，無法完全明白他心裡的痛苦，跟他比起來，我的難過也許只是他的幾百分之一，畢竟小胖跟他是從以前一路走來的死黨，而我跟小胖認識的時間其實不算長。

林誼靖老是說，男人跟男人之間的交情，是我們女生難以想像的，女生們交心，男生們卻是用生命在相挺。

「妳有沒有想過，如果有一天，妳知道妳只剩一天的生命，而這一天裡，妳只能打一通電話，妳要打給誰？要跟對方說什麼？」

隔了幾秒鐘，蘇諺齊又問我。

我心裡其實有答案，但還是回答最安全的那一個，我說：「打給我爸媽吧！我會跟他們說，謝謝他們生下我，養我又愛我，還得容忍我的任性跟無理取鬧。」

說完，我看著他。

「我會打給妳。」他說。

我的心臟突然怦怦怦地撞擊著我的胸腔，我覺得空氣突然變得好稀薄。

「我會跟妳說，沈珮妤，我很幸福，因爲我認識了妳。最後，我想跟妳說的是……我喜歡妳。」

「我喜歡妳」是全世界最動人的話語，而讓我感動的，是從你口中說出的那一句。

第四章．

然後你說：「沒關係的，不管妳過去的愛情有多麼轟轟烈烈，就算妳會拚命回頭去留戀過去，我也願意牽著妳的手，慢慢地，一步一步往前走。」

那一刻，我就已經確定自己的心了。

當愛情來的時候，言語，往往顯得多餘。很多時候，安靜的凝視是彼此心靈最好的交流。

小胖醒過來的消息，在蘇諺齊和我決定交往的隔天傳來。當劉大在電話那頭告知我這個消息時，我握著話筒，激動到泣不成聲。

請了兩個小時的假，我急忙整理好包包，衝到補習班外面等蘇諺齊的車來接我。等待的時間裡，分分秒秒都是煎熬。我不斷望著眼前來來去去的車輛，期待下一部接近停靠的，會是蘇諺齊的車。

我期待看見魏小胖的笑容，但更渴望能見到蘇諺齊。

喜歡一個人，大約就是這樣的心情，時時刻刻地想念，腦裡、心裡，都是那個人的身影。他的眉、他的眼、他微笑的臉龐、他緊抿著的唇角，點點滴滴都揪在心上，心臟再也不是自己的，那跳動的頻率全都被他掌控。

牽掛，卻甜蜜。

林燕婷在補習班門口看見我，她手上捧著兩杯飲料，用手肘撞撞沒發現她的我。見我回頭看她，就笑嘻嘻地把她右手的咖啡遞到我面前。

「請妳喝的。」她說。

「幹麼突然想請我喝咖啡？」我接過來，笑容在臉上綻放開來。

「昨天跟我男朋友去逛街時，看到一個行動不方便的老人坐在輪椅上在賣刮刮樂，我們就買了一張，結果刮中一千五百元。」

「這麼幸運！」我淘氣地對她眨眨眼，「那只請一杯咖啡是不是太誠意不足了？」

「就知道妳不會這麼容易滿足。」林燕婷瞪了我一眼，嘟起的嘴翹得高高的，眼睛卻在笑，她說：「好啦！不然下班後請妳吃消夜，這樣夠誠意了吧？」

「可是……今天不行。」

「爲什麼？」

「我有事，請了兩個小時的假，現在要下班了。」

「什麼事？」林燕婷的眼睛瞬間發光，我懷疑她的血管裡流動的不是血液，而是滿滿的八卦因子。

「魏小胖醒了。」

「哇！眞的？」林燕婷先是張大嘴，然後跟著開心起來，「什麼時候的事？」

「剛才劉大打電話跟我說的。他現在已經轉到普通病房，沒有喪失記憶，醒過來的第一句話就說他很餓。」我邊說邊笑，心裡好激動，「蘇諺齊也請假了，他馬上要過來載我去醫院。」

「妳跟蘇諺齊的感情還是這麼好啊！」林燕婷挖苦我，「現在都同進同出了呢！」

「我們有不好過嗎？」我笑著捶了她一拳，「少三八兮兮的了。」

「那所以妳跟他到底有沒有進展啦？」

「妳很愛關心這種事耶。」我說：「國家大事要不要去關心一下？妳好歹也是新時代女性，不要老把心思放在這種八卦消息上。」

「我試過了，沒用！」林燕婷認眞地回答，「我陪我男朋友看電視時，只要他把頻道轉到偶像劇或一些娛樂新聞，我都能看得目不轉睛，但只要他把頻道切換到新聞台或是政論節目，我再怎麼努力撐也撐不過三分鐘就會睡著，眞的！屢試不爽。」

「所以妳的意思是？」

「我的意思是，人生苦短，活著不就是要讓自己開心？所以那些聽了讓我想睡的國家大事我還是少碰爲妙，反正再怎麼認眞也提不起勁來關心，那倒不如讓我繼續關心那些娛樂八卦或芝麻綠豆小事吧，反正我志願也不大，只要此生平凡快樂，夜裡能沾枕就睡，一生衣食不缺這樣就好。妳覺得我這樣說有沒有過分？」

「乍聽之下，好像言之有理。」我點頭，「那妳就繼續保持這樣的好奇心，或許哪天被妳挖出我跟蘇諺齊之間的蹊蹺，妳再來問我，我一定不瞞妳。」

「喔！這樣吊我胃口妳會比較開心嗎？朋友是這樣當的？」

就在林燕婷指著我鼻子大罵我不夠朋友時，蘇諺齊來了。他把車停在我們身邊，搖下副駕駛座的車窗，笑著跟林燕婷打招呼。

「喂，正說到你，你就來啦！」林燕婷一出聲，我就覺得不對勁，要拉住她已經來不及了。她彎著腰，把頭靠在車窗旁，對蘇諺齊一開口就是一陣劈里啪啦。「你不是說你覺得沈珮好不錯嗎？那你到底有沒有要對她展開行動……喔！沈珮妤妳不要拉我啦，這種事眞的是拖越久對女生越不利，沒有幫忙推一下，我看你們就只能在原地踏步一萬年了啦……」

「好啦！我跟蘇諺齊正在交往中，是昨天開始的，這樣妳滿意了沒？」

被她逼急了，我一時昏頭，竟然全盤供出。

林燕婷瞪大眼、張著嘴，一副被鬼打到的模樣，過了幾秒鐘才回過神來。她一回神就是朝我身上一陣亂打，「妳這個死沒良心的，這麼重要的事居然沒有馬上跟我報告，虧我一天到晚爲妳擔心，妳有沒有良心啊？良心被狗吃了是不是？要不是我今天這樣逼問，妳還打算要瞞我多久？朋友是這樣當的？掏心掏肺是這種方式？」

林燕婷打著罵著，居然就哽咽了。

這回換我被她嚇著。

「喂，妳幹麼啦？」我抓著她的手，不知所措，蘇諺齊也被她的舉動嚇傻，兩隻眼睛只是直愣愣地看著我們，笑容僵在臉上。

林燕婷抽噎著，她又哭又笑，「人家……人家太開心了嘛！」

我完全被打敗！

沒幾秒鐘，她抹掉眼裡的淚，轉頭看向蘇諺齊，用凶巴巴的口吻說：「喂，我警告你喔，沈珮妤是我最好的朋友，你要是膽敢欺負她，或是害她傷心，我一定不饒你，聽見沒？」

她的話越到後面越沒氣勢，一轉頭，她又抱著我哭，說：「怎麼辦？我真的好開心，開心得眼淚都停不住了……」

「有沒有這麼誇張？」

我皺皺眉，談戀愛的人是我，怎麼她的反應竟然比我還激動。我被蘇諺齊告白時，頂多只是眼眶熱熱、鼻頭酸酸的，眼淚倒是連一滴也沒掉。她這反應，反倒比較像是她被蘇諺齊告白呢！

「我以為……我以為……」林燕婷還在哽咽。她深吸了一口氣，才終於能繼續接著把話說完，「以為妳這輩子完蛋了，要當老姑婆了嘛！所以聽見妳終於把自己推銷出去，就好感動……」

很好！我想打人了。

後來，林燕婷硬是跟我們兩個人敲了時間一起吃飯，她說她要請客，慶祝我找到美好歸宿，順便帶她男朋友來讓我們認識一下。

一開始，我當然先舉手反對。

「八字都還沒一撇呢！什麼美好歸宿？」我說。

「我不管啦！反正我就是太開心了嘛，而且我不是說我刮刮樂刮中一千五百元嗎？妳就讓我請一下嘛，我男朋友也說他想認識妳呢！」

「妳在他面前講了我不少壞話？」我盯著她看。

「沒有沒有。」林燕婷急忙搖手，一臉無辜的表情，「我一直在他面前說妳有多優秀多棒呢。」

「最好是！」我從鼻子哼出聲音，「為了證明妳沒有說我壞話，我答應讓妳請客，妳那天最好也帶妳男朋友出來讓我好好審問一下，看看妳有沒有背地裡偷講我壞話，妳呢，別因爲想逃避就假裝他沒空，知道嗎？」

林燕婷轉頭過去看著蘇諺齊，正經八百地問：「喂，蘇諺齊，你確定你不考慮一下？你女朋友這樣凶，你現在換人還來得及喔。」

「我不敢！」蘇諺齊笑得十分好看，望向我，眼睛非常溫柔，然後他說：「我要是現在就換女朋友，肯定會被她追殺，我很膽小，不敢冒這個險。」

「在我看來，你敢跟她在一起，就已經夠勇敢了……」

「林燕婷！」我睜大眼，裝出一臉猙獰的表情，「妳現在可以閉嘴了。」

生活中，每天都有新鮮事在發生，即使那些事再小再平凡，卻都能點綴出生命裡的繽紛色彩。

告別林燕婷後，我們直接開車前往醫院。

才剛到魏小胖的病房外，就聽見裡頭一片歡樂吵雜的聲音，好像一群人在裡面開同樂會一樣。

一推門進去，就發現大夥兒全都來了。小杜學長一見我們兩個人走進來，便笑道，「嘿！全員到齊啦。」

我看了坐臥在床上的魏小胖一眼，他只是有些疲憊地朝我笑了笑。

和蘇諺齊一起走過去時，我關心地問魏小胖，「你好點沒？還記得我是誰嗎？」

魏小胖被我的話逗笑，他虛弱地回答，「小沈兒，我雖然撞傷了頭，可沒撞壞腦子啊。」

還好還好，小胖的幽默感也沒被撞掉。

劉大和小杜學長兩個人搶著跟魏小胖報告他開完刀後，醫生出來跟大家講那些話時每個人的反應，小杜學長跟劉大互相調侃，說他們看見對方的眼睛泛紅，什麼男兒有淚不輕彈這種從小到大被深深教育的觀念，在那一刻，全被拋到腦後。

小杜學長比較狠，他把劉大罵完「媽的」，然後衝出醫院的行徑解釋爲，「他怕在大家面前哭太丟臉，所以故意罵髒話，讓大家以爲他很生氣，需要到外頭去透透氣，其實他是跑到外面去哭……」

「屁啦！我哪有這麼脆弱？」劉大不承認。

「也沒多堅強啊！」

「那不然你是有多堅強？你第二天來的時候，我看到你眼睛腫腫的耶。」

「那是我前一天晚上水喝太多了好嗎？水腫你聽過沒？我那個是水腫。」

「喔？所以你大四那年跟女朋友分手時，眼睛連續水腫了兩個星期？」劉大挖苦小杜學長，我們一群人卻在一旁很沒良心地齊聲笑了起來。

「那麼久的事，我哪記得！」

「嗯，你不記得沒關係啦，不過有件事我一直沒跟你說，其實你那時眼睛腫腫的樣子有被我偷拍下來耶，我還把那張照片洗出來，一直壓在我的書桌抽屜裡。」

「眞的假的？」小杜學長大叫起來。

「眞的啊。」劉大壞壞地笑著，「我打算以後在你的結婚典禮上，用投影機把那張照片放出來，作爲你青春歲月的紀念。」

「你屁啦！快把照片交出來，我就饒你不死。」

「不行！那張照片是我的籌碼，要是你以後對我不忠不孝不仁不義，我就要把它公諸於世。」

「不孝你個頭啦！你誰啊？我幹麼要對你孝？」

我看著滿室鬧哄哄的笑鬧聲，心情突然變得很好，這些日子來的陰晦心情，總算撥雲見日，正看著小杜學長跟劉大你一言、我一語地鬥嘴時，有一隻溫暖的手，輕輕地握住我的。我轉頭，看見蘇諺齊對我溫柔地笑著。

我的手，就這樣被他大大的手掌包圍著，在熱鬧吵雜的氣氛裡，我和他，卻像在另一個只有我們兩個人的世界裡，寧靜的、平和的、用愛層層包圍的世界裡。

訪客時間結束後，我們向大家告別。

本來，劉慧妤自願留下來照顧魏小胖，卻被小杜學長以一句，「小胖如果要尿尿，妳可以扶他去廁所，然後在廁所裡照料他到他方便完嗎？」就成功地勸退了。

因爲小杜學長要留下來照顧魏小胖，所以讓小杜學長載來醫院的劉慧妤，只好由比較順路的我們送回家。

在醫院門口等蘇諺齊從停車場把車開過來接我們的時候，劉慧妤臉上有淡淡笑意，她看著我說：「我看見了，恭喜你們。」

我微微詫異地看向她，沒有馬上明白她話裡的意思。

「蘇諺齊終於跟妳告白了吧？」她那淡淡的笑意裡夾帶著幾縷苦澀。

我遲疑了片刻，才輕輕點頭。

「那他有沒有跟妳說我也跟他告白的事？」

我不知道該回答有還是沒有，只好睜大眼，安靜地凝視著劉慧妤。

「向人告白的感覺，原來是這樣尷尬！」劉慧妤撥了撥她的長髮，用輕到幾近耳語的音調說著，「那是我這輩子第一次的告白，也是我這輩子第一次被男生拒絕。」

我開始不知所措，正猶疑著到底該不該接話，劉慧妤卻抬頭看我，笑著說：「不過，輸給妳我心甘情願，眞的！因爲妳很好。在妳身上，我看見和蘇諺齊相同的氣質，你們都是會願意爲愛情、爲彼此付出一切的人，但是我不是，我渴望愛情，卻也崇拜自由，我不會因爲另一個人而停止自己飛行的工作，我沒辦法安安分分待在一個男人身邊，過著跟他朝夕相處的生活，那會讓我窒息……是蘇諺齊讓我知道我不是適合他的那個人，所以我放棄了，知道他能更快樂，那就好了。」

「那妳跟小胖……」

「依然只能是朋友。」劉慧妤說：「要愛上一個人，或忘記一個人，其實都不是太容易的事，尤其對我來說。」

送劉慧妤回家後，我沿路都沒有說話。蘇諺齊摸摸我的頭，笑著問我，「累了？」

我搖搖頭，側過臉看他，「劉慧妤知道我們兩個人在交往了。」

「喔。」蘇諺齊並不訝異，他依然笑得溫文儒雅，在很深的夜裡，低沉的聲音聽著彷彿給人一種沉穩篤定的安定力，他問：「她怎麼知道的？」

「她說她看見我們兩個人在小胖的病房裡牽手。」我回答，接著又用帶著些微醋意的語氣說：「她還說她跟你告白了。」

「她那樣不算是告白吧！」蘇諺齊一隻手握住方向盤，一隻手伸過來握住我的手，他認眞地看了我一眼，「她只說她曾經喜歡過我，之後她說了什麼，我全沒認眞聽。我覺得那都已經是過去的事了，沒有必要放在心上。」

「可是，要把一個人放在自己心裡，是一件很愼重的事呢，那必須要有一定程度的喜歡才可以的。」

「我知道。」蘇諺齊又摸摸我的頭，溫柔地說：「就像我把妳放在我心裡，也是因爲我對妳有一定程度的喜歡，才讓妳住進我心上，然後耗盡我這輩子所有的勇氣，勇敢向妳表白……」

我的臉一下子整個滾燙了。

蘇諺齊在路口的紅色號誌燈前慢慢減速停車，然後伸出右手圈住我的脖子，把我拉進他的懷裡。我聽見他的沉穩有力的心跳聲。他輕輕說：「我不在乎劉慧妤曾經喜歡過誰，或是她曾經多喜歡我，那對我而言都不重要，我在乎的只有妳，在乎妳的一顰一笑、妳的一舉一動，在乎我是不是也在妳心裡，是不是有一天，我在妳生命裡的重量能夠超越妳的前男友，在乎我是不是能夠一直留在妳的現在和未來裡。如果妳的答案全都是肯定的，那才是眞的能讓我開心的事。」

於是，我的心清透了、澄澈了。我知道我眼前這個男生，是用怎麼樣一種認眞的心情在對待我，和我們的愛情。

「蘇諺齊，也許有一天我會比喜歡他還要喜歡你，所以讓我們一起努力吧。」

我聽見自己這麼對他說。

而我知道，能和你一起為我們的未來努力，才是這個世界上最美好的事。

和林燕婷相約吃飯的那一天，我跟蘇諺齊早到了一個小時。

「對不起，是我沒把時間算好。」我歉然地看著蘇諺齊。

「沒關係。」蘇諺齊笑著說：「多出來的時間就當是妳賞賜給我，讓我有多陪伴妳的機會。」

蘇諺齊總能讓我感到悸動，從他嘴裡說出來的那些話，常常能牽動我的心跳節奏。

後來，我們決定先到附近的商店街逛一逛。

亮晃晃的陽光下，我們在熙來攘往的街上逛著，四周是一攤又一攤的攤位，販賣著各種新奇好玩的東西。

我們逛了幾個攤位，正要朝下一個攤位前進時，蘇諺齊卻突然站定不動了，他看著我，臉上的表情高深莫測，我完全不知道他在幹麼。

「怎麼了？」我問。

「情侶不是這樣子的。」他回答我。

「什麼？」我睜大眼，丈二金剛摸不到頭緒地看向他。

「我們這樣比較像朋友。」他又說。

「什麼意思？」

他突然右手插腰，輕輕柔柔的聲音滑過我的耳畔，「情侶總該有些情侶間特殊的舉動吧！是不是呢？女朋友！」

我遲頓了三秒鐘，突然明白了。

紅著臉，我彆扭地把手放進他勾起來的臂彎裡。

「好奇怪喔！」我尷尬著。

蘇諺齊看著我，嘴邊跟眼睛裡都是笑，他問：「奇怪什麼？」

我看看自己放在他臂彎中的手，又望向他，「這樣的舉動，好奇怪。」

蘇諺齊又看了我兩秒鐘，然後以迅雷不及掩耳的速度，唇瓣刷過我的臉頰，再迅速站好身子，臉上依然掛著笑。

「那這樣呢？」他淘氣的表情看起來很可愛。

我的腦袋整個大當機，半晌都說不出話來，耳朵好燙好燙，臉也是。

「怎麼了？」

發現我半刻不出聲，蘇諺齊彎下身子，半蹲在我面前，抬著頭看我。

「蘇、蘇諺齊……這裡是大街上，你怎麼……」我的臉又更燙了。

蘇諺齊摸摸我的頭，笑著說：「妳會慢慢習慣的。」

我突然覺得蘇諺齊好可愛！

一開始，我還是很不習慣挽著他的手走路，有幾次想偷偷放開，被他發覺，就又拉住我的手往他臂彎裡勾住。

「這樣……我不大會走路啦！」我胡亂找個藉口謅他。

「多練習幾次妳就會了。」

這種事還可以靠練習練起來的喔？

結果，事實證明蘇諺齊是對的。

又逛完幾個攤位之後，我果然可以很自然地勾著蘇諺齊的手，和他討論攤位上的商品，不再覺得那麼彆扭了。

後來，我們停在一個販賣了很多公仔的攤位前。

蘇諺齊看著一整套海賊王的公仔，眼睛閃閃發亮。

「好想買！這一套我沒有耶。」蘇諺齊的眼睛直盯著那套看起來價值不菲的公仔。

「買啊。」我說。

「可是我家的櫃子裡已經擺滿了他們的其他兄弟了，這套帶回去暫時沒地方放耶，沒找個地方馬上安置他們，我會良心不安。」

我左看右看，就是看不出來那套海賊王公仔有多特別。

「還是……就先放棄？」我提議。

「但是我不想錯過啊！」蘇諺齊掙扎著，「這一套我之前就在留意了，只是一直沒有買到，想不到這裡居然有……」

「要不然，我家櫃子裡還有一些空位，可以先借他們住一陣子，怎麼樣？」我大方地說。

「眞的嗎？」蘇諺齊咧開嘴，笑得好開心。

跟店老闆意思性地殺了一點點價格後，蘇諺齊開心地抱著那幾隻公仔，不斷對我說他是如何沉迷於收集海賊王公仔，如何一遍又一遍地反覆看海賊王的卡通跟漫畫……

這一刻，蘇諺齊好像一個小男孩，那樣單純地爲著幾隻公仔兀自開心的模樣，十分天眞又可愛。

「男生都比較喜歡收集公仔嗎？」看他那麼開心，我的唇角也都是笑，「我以前有幾個大學男同學也很喜歡收集公仔，而且你們都喜歡海賊王耶，到底是爲什麼？」

「因爲漫畫好看、卡通也好看。」蘇諺齊理所當然地回答。

「這麼簡單？」

「就這麼簡單。」他點頭。「喜歡公仔的理由其實不是太複雜，就很單純因爲喜歡那部作品，進而喜歡作品裡的每一個角色。」

「但你們收集那麼多公仔是爲什麼？擺飾嗎？」我很疑惑。

「佔有慾。」蘇諺齊說：「每個男生心裡多少都潛藏著一些佔有慾，東西越稀有，越想佔有，公仔也是，越限量的，我們越想擁有，因爲這樣就跟別人不一樣，我有別人沒有的東西，那是一種成就感，不是金錢可以衡量的。」

很好，我完全沒辦法體會他的瘋狂心情，對我而言，那些公仔不過就是擺著不同姿勢，或者有不一樣表情，卻有著重複形象的小玩意兒。

後來我們走到販賣手錶的攤位上，蘇諺齊看上一對情侶錶。

錶面是深藍色的，上面的鐘點處綴著小碎鑽，秒針上也有一顆小碎鑽，移動時，像流星劃過天空。

他把女錶拿起來，放在我手腕上試戴。

「我覺得很好看。」幫我戴上手錶後，他說。

「我也覺得很好看。」我同意地點頭。

「我們買下來好不好？」

「爲什麼？」

「我想買東西送妳，希望妳身上戴著一件我送的東西，妳看見它，就會想起我。」

「這也是……男人的佔有慾？」我失笑。

「對。」他誠實點頭，「這也是我的佔有慾，是不是很霸道？」

這次換我點頭，「對！很霸道，但是不過分。我覺得有點窩心。」

於是蘇諺齊買下了那兩支錶。

他把男錶戴在自己手上，得意地說：「現在我們兩個人有相同的東西了，這樣別人一看就知道我跟妳的關係非比尋常……」

在人來人往的大街上，我笑了，非常開心又甜蜜地笑了。

然後，每次看見手上的錶，我就會想起你，這是你的計謀。

和林燕婷他們吃飯時，我們才剛點完餐，等服務生送餐點來的時間裡，林燕婷就眼尖地發現蘇諺齊和我的對錶。

「哪裡買的？」

林燕婷把我的手抓到她面前，仔細看完我手上的錶，興致勃勃地問。

「旁邊的商店街。」

「很好看耶。」林燕婷稱讚完，突然轉頭看她男朋友，撒嬌地說：「喂，我們等等也去買。」

「好啊。」她男朋友眼裡的寵溺好明顯，連我在一旁都感覺得到。

一頓飯下來，我們四個人聊得很開心，林燕婷的男朋友很好相處，話不多，不過一聊到車子，他就顯得特別有話講，這大概就是人家說的專業。他可以講很多關於車子的事，從車子的性能、外觀、引擎馬力，到功能性、實用性……全都可以口若懸河講得一清二楚。

我雖然會開車，但我懂的大概就只有車子好不好開、跑起來順不順、省不省油……差不多就這一類的皮毛，再深入一點的專業問題，我就全部都沒概念了。

但蘇諺齊可開心了！他這個人，平常除了玩音樂和照顧他那一整櫃的公仔之外，也很喜歡研究車子。

所以他和林燕婷的男朋友聊到忘我，有好幾次還是我把他的水杯遞到他眼前，開玩笑地說：「講這麼多，口也渴了吧？要不要喝點水再繼續？休息才能走更長遠的路啊，蘇老師！」

吃過飯，又聊了一陣子，林燕婷就急巴巴地拉著她男朋友要去買對錶。

我們只好在餐廳門口道別。

在車上，蘇諺齊才剛要發動車子，他的電話就響了。

我在一旁安靜地繫好安全帶，等他講完電話。

「是劉大。」電話掛掉後，蘇諺齊說：「我們之前答應人家要參加的公益活動表演，他說小胖得好好修養，可能沒辦法參加，樂譜編曲的部分可能要修改一下。但今天在醫院跟小胖說這件事時，小胖堅持參加，兩個人為了這件事起了點爭執。他們都站在對方的立場在替對方想，劉大為這件事有點不痛快，覺得小胖沒有明白他的用心良苦，所以希望大家一起回去練團室開個會，看看到底怎麼做對小胖才是最好的。」

「所以你現在要過去？」

「對。」蘇諺齊點點頭，「我先送妳回家，好嗎？」

「好。」

沉默了幾秒鐘，蘇諺齊又開口，怯生生地問：「妳會不會因爲這樣生我的氣？」

我轉頭看他，笑了，「爲什麼我要生氣？」

「就是……就是跟妳出來，結果因爲別的事情，又要把妳送回家……」他有點擔心地說。

「不會啊。」我笑著，覺得他擔心的點很有趣，「你是去工作，又不是去把妹，我才不會爲了這種事生氣。」

蘇諺齊這才露出鬆了一口氣的表情，後來在我的詢問下，他才說出，他大學時，有一個女朋友會爲了他要去打球或練團，或者是作報告不能陪她而生氣。

「她常說我不在乎她，比較重朋友，不重視她。」蘇諺齊露出無奈的表情。

「應該是太年輕的關係。」我說：「如果我在她那個年紀談戀愛，也會想分分秒秒都跟自己喜歡的人在一起。因爲那時的生活很單純，除了功課跟朋友，就只有愛情了，而女生一談起戀愛來，是很容易有異性沒人性的。對我們來說，男朋友就是我們的全世界，有時分量甚至比功課或家人來得重。」

「現在不會了？」

「比較沒那麼嚴重了。」我笑著，「因爲有工作了，生活也比學生時代忙碌許多，長大了，視野也寬了，不會再覺得男朋友是我們的全世界。當然還是有特殊狀況，比如受到委屈或心情特別低落時，還是會需要男朋友的陪伴。如果男朋友因爲雜務太多沒辦法隨傳隨到，我們還是會心情不爽的。」

「那……如果妳哪天特別需要我的時候，一定要跟我說，我保證我會排除萬難，陪在妳身邊。」

蘇諺齊邊說，邊舉起右手宣誓。

我被他的舉動逗笑，問他，「這麼認眞是幹麼？你會怕喔？」

「廢話！妳是我好不容易才追到的，當然怕妳不理我啊！還好當初我有留下來，沒回到之前那個補習班，不然，現在坐在妳身邊當妳的專屬司機的人，大概也不會是我了。」

聽他這樣說，我便側過身，傾向他，用雙手捧著他的臉，搞笑地說：「所以你一定要好好珍惜我，不然你這個司機職位恐怕朝不保夕，明白嗎？」

「明白！女王。」

「很好，那開車吧！先送我回家，女王我累了，需要好好洗個澡休息了。」

蘇諺齊開著車，跟我一路聊天回到我家樓下。

「你開慢點，路上小心，到了練團室，記得給我一通電話。」

站在駕駛座車窗旁，我彎著腰，對搖下車窗的蘇諺齊說。

蘇諺齊點頭，又向我招招手，用神祕兮兮的語氣，對我說：「妳過來一下。」

我好奇地把頭靠過去，以爲他要跟我說什麼祕密，想不到我才剛靠過去，他就迅速地在我的唇上輕啄了一下。

我又被他的舉動嚇得滿臉灼熱，心跳加速。

「晚安，女朋友。」他望著我，傻傻地笑。

一直到確定我走進管理室，他才開車離開。

我的心裡，突然間充斥著很飽滿的幸福。在搭電梯上樓時，我瞧見電梯鏡子裡的自己，那唇角和眼尾都塡滿了上揚的快樂。

而這些快樂，全都是蘇諺齊給我的。

洗過澡，才剛從浴室走出來，我的手機就響了。

以爲是蘇諺齊來電，我跑得飛快，拿到手機，才看到螢幕上閃著魏蔓宜的名字。

「有沒有在忙？」

一接起電話，魏蔓宜就開門見山地問。

「沒有，剛洗好澡，怎麼了？」

「有沒有空？」

「有啊。」

「我買了一堆東西，我們去林誼靖家大吃一頓吧！她今天心情不好，哭了一整個下午了。」

「啊？為什麼哭？」

「不知道呢，我沒問，等會兒灌醉她再來好好審問吧，妳來不來？」

「當然去。」

「那妳到林誼靖家樓下再打電話給我，我幫妳開門。」

「好。」

結束通話後，我才剛把手機放在桌上，正要打開櫃子找外出服時，手機又響了。

這一次是蘇諺齊來電。

「到了？」我按下通話鍵後就直接問。

「對，剛到。」他說，背景聲是一片熱烈的討論聲，我還聽見劉大跟小杜學長的聲音。

「我現在要出門，魏蔓宜打電話來，說林誼靖心情不好。蔓宜買了一堆東西要去誼靖家，問我要不要一起過去陪陪誼靖。」

「喔？那要不要我開車去妳家送妳過去？」

「不用啦！」我笑出聲，「你當司機不用這麼盡責好嗎？而且我也沒那麼嬌貴，誼靖家離我這裡不遠，我自己開車過去就好了。」

「喔，那妳到了之後告訴我一聲，不要讓我擔心了。」

「你不要隨便搶我的台詞去講啦，這樣犯規。」我還是笑，心底有蜜一般的甜，「好啦！我到誼靖家會打電話給你，你不用擔心我。」

說完，我們兩個人又聊了幾句，直到小杜學長催促蘇諺齊的聲音從手機那頭傳來，我們才依依不捨地結束通話。

「路上小心。」結束通話前，蘇諺齊的聲音輕輕傳來，「我好像……已經開始在想妳了。」

心裡有一個人，是件幸福的事。當你受委屈或想念時，內心便有了慰藉。

到林誼靖家樓下的大樓管理室時，我先打一通電話給魏蔓宜，讓她下來帶我上樓。等待她的片刻，我打電話給蘇諺齊，告訴他我到林誼靖家樓下了。

「如果聊天聊到太晚，累了的話，就通知我，我去接妳回家。」蘇諺齊不放心地強調。

我只是笑，覺得很窩心，原來之前一直害怕的戀愛，眞正遇到時，是這樣的美好。或許，每一段感情都有值得留戀的部分，卻不是每一個人，都是對的那個人。只有遇到對的人，生命才有重生的希望。

魏蔓宜下來接我時，整張臉上寫滿了憂心忡忡，她告訴我，林誼靖的狀況不怎麼好，她居然在翻一本書，書名是《讓他再也離不開你》。

我皺起眉頭，「她怎麼會變成這樣？」

「我也不知道。」魏蔓宜擔憂地回答我，「前些日子我忙完就休息了一段時間，成天窩在家裡看DVD，以爲她在忙著，也就沒怎麼打電話關心她，明知道她跟她男朋友常常吵吵鬧鬧，卻老認爲她夠成熟，不會把事情弄得太糟，怎麼知道她居然變成、變成我都快不認得的林誼靖了。」

「和她聊過了？」

「還沒。」魏蔓宜搖頭，「剛才看見她在看那種書，我整個人太震驚了，根本還沒理出頭緒要怎麼跟她談。」

「等會兒我們就邊吃邊聊吧。」

誰知我們才剛上樓，魏蔓宜正拿林誼靖家的鑰匙要開門時，門就被打開了。

林誼靖站在門邊，朝我們兩個人笑了笑，接著說：「我先出門一下，妳們兩個人就在我家盡情吃喝吧，不用等我沒關係，累了就去我房間睡，想睡客房也沒關係，床單被套都剛換過，是乾淨的。」

我跟魏蔓宜傻眼地看著她，看上去，她倒是不像魏蔓宜說的那麼慘，我感覺她心情好像還不賴。

「我男朋友說要接我去看夜景。眞對不起了，讓魏蔓宜破費，還害沈珮好跑這一趟，下次我一定負荊請罪，隨便妳們開口，看要吃哪間高檔餐廳或住哪間五星級飯店，我都會二話不說埋單，當作我對妳們的補償。」

林誼靖熱情又愧疚地抱抱魏蔓宜，再抱抱我，然後說：「啊！不能再聊啦，他已經在樓下等了，拜拜、拜拜，我愛妳們。」

說完，便閃進電梯裡下樓了，留下面面相覷的魏蔓宜跟我。

沒辦法，人家已經像花蝴蝶一樣飛下樓去約會了，我跟魏蔓宜只好進去林誼靖她家「收拾殘局」。

當魏蔓宜把她買來的東西分盤裝好端上桌時，我嚇到了。

「怎麼買這麼多東西？」我睜大眼，看著滿桌的東西，一副「這要怎麼吃得完」的表情。

「全是林大小姐欽點的。」魏蔓宜苦笑著，她把加了冰塊的可樂遞給我，無奈地回答，「哪知她見色忘友，拋下我們，自己跑去看夜景搞浪漫，也不管咱們兩個的死活，要這種朋友有什麼用？真是世態炎涼啊！」

「其實她開心就好，這不就是我們最希望的嗎？只要她開開心心，我們怎麼樣都好，犧牲一點也沒關係了。」我拿起筷子，先夾了一塊滷豆干放進嘴裡，咀嚼幾口後大叫起來，「哇，這好好吃，很入味耶，哪兒買的？」

「那是林誼靖指定的滷味攤。」魏蔓宜對我說明了那攤滷味攤的地點，又說：「啊，離你們補習班不遠，以後妳下班也可以去買來吃。」

我又夾了一塊海帶放進嘴裡，再笑笑地對魏蔓宜說：「朋友裡啊，就妳最順著她，什麼都替她著想，她想吃什麼、愛吃什麼，問妳就知道。」

「唉呀，我聽見有人酸溜溜的語氣呢。」魏蔓宜朝我眨眼。

「我哪有？」

「耶？也對！咱們珮妤現在可是甜蜜蜜好開心，整個人整顆心，都像掉進釀了蜜的糖漿裡，哪有什麼心情酸溜溜啊！」

我咬住手上的筷子，瞪著她，說：「講什麼東西？我完全聽不懂。」

「今天下午看見妳了。」

魏蔓宜說完，我心裡就閃過一絲不安。想不到她不放過我，繼續說：「看見妳跟一個男生手挽著手，很甜蜜的模樣呢。」

「喂，妳別亂說啦！」

「我哪有亂說？俗話說『眼見爲憑，耳聽爲虛』，我可是兩隻眼睛都看見了呢！」

我的臉全紅透了，連忙伸出手要摀魏蔓宜的嘴，又嚷著，「夠了夠了，不要再說了！」

魏蔓宜拚命躲，我拚命要掩住她的嘴，不讓她再出聲。她閃了幾次，發現躲不過，乾脆放棄，讓我的手摀在她的唇上。但我的勝利之姿才維持三秒鐘，她的聲音又不安分地從我指縫間傳出來「喂，沈珮妤，妳幹麼害羞啊？不過是談戀愛嘛，又不是什麼丟臉的事！」

「就……就是會不好意思嘛。而且這種事、這種事也沒什麼值得炫耀的。」

我居然緊張得口吃。

她拉下我放在她唇上的手，又說：「多久啦？這麼重大的事也沒讓我們知道，妳太不夠朋友了吧！」

「也才剛開始沒多久就讓妳看到。眞的是……哎唷，反正這件事妳也不要刻意跟林誼靖講，等到穩定一點，我一定帶他來見見妳們兩個人，順便讓妳們幫我鑑定一下。」

「哎唷，妳這樣說讓我眞好奇，好想知道他到底是何方神聖，居然可以動搖咱們沈珮妤不動如山的心，讓我們的沈珮妤心如止水的感情再次起漣漪唷。」

魏蔓宜一說完這些話，我就笑了。

「妳最近工作壓力很大嗎？這些話文謅謅的，比較適合放在小說裡，拿出來當聊天的對話，感覺好奇怪，像回到民初時代一樣。」

「幹麼這樣講！」魏蔓宜嘟起嘴，「林誼靖常唸我沒氣質，我講話當然要文藝一點啦，省得她老說我安靜時看起來好像很有靈氣，氣質很好，一開口就大破功。」

說完，她又開始追問蘇諺齊的事。拗不過她，我只好約略提了一下，還提醒她千萬不要讓林誼靖知道。

「爲什麼？」她不懂地看著我。

「她會問很多問題啊！而且，妳也知道她就是個緊張大師，要是讓她知道了，一定沒完沒了。我不想一天到晚接到她的電話追蹤。」

「哪有這麼嚴重啊？」魏蔓宜失笑，「我才不相信她有這麼可怕。再說，她每天忙著戀愛，也沒什麼空理我們兩個人。我想，她應該也不會天天去 follow 妳的感情進度吧。」

「等到這件事被她知道時，妳再來看她的反應吧。」我笑著。

那天晚上，我跟魏蔓宜又聊了一陣才開車回家。回到家時，已經將近十二點了。蘇諺齊的簡訊在我從浴室刷完牙、洗完臉後傳來，他在簡訊裡說他剛到家，很想我，問我到家沒。

簡訊後面還加上了一個哭泣的符號。

我看完，輕輕笑了，然後打手機給他。

手機才響一聲，馬上被接起來。他的聲音愉快地傳來，「妳到家了嗎？」

「剛到沒多久，已經刷完牙準備要睡了。」我說完，又問：「你們開會討論得順利嗎？有沒有說要怎麼處理？」

「大家討論的結果是覺得，既然小胖堅持參加，我們也要再評估看看，小杜學長說他明天要去醫院問問小胖的主治醫生，把我們的情形說給醫生聽，看醫生怎麼說。」

「那你明天要去看小胖時再告訴我，我跟你一起去看他。」

「明天……我早上可以先去找妳嗎？」

「怎麼了？」

蘇諺齊躊躇了片刻，才開口，「我、我想跟妳一起吃早餐。」

我可以想像蘇諺齊害羞的表情。很奇怪！明明是個大男生，卻常常表現出小男生的靦腆。我有的時候眞的覺得他好可愛，沒辦法把老是在我面前笑得天眞無邪的他，和工作時認眞專業的他連結在一起。

於是，我也開始期待明天的早餐約會。

這個世界上，再也沒有什麼東西比你的笑容更吸引我了

當自己幸福的同時，我常希望自己周遭的人也能擁有相同的幸福。

我希望微笑是具有感染力的。

但是，並非所有的事情都能如我們所願。

尤其是感情。

林誼靖的愛情，在我們三個人相約去吃日本料理的隔天徹底完蛋了。

因爲，她看見她的男人帶自己的妻子和孩子去吃飯，一家人和樂融融，一點也不像他對她形容的，和老婆完全沒感情的樣子。

林誼靖對那個男人的痴心，在那一瞬間徹底瓦解。

決定分手後，林誼靖搬進魏蔓宜家，根據魏蔓宜的說法是，林誼靖這次斷得很徹底，不只搬離原來的住處，也換掉手機號碼、辭掉工作。

「她說她想把一個完整的丈夫還給她男朋友的另一半，所以她決定退出，不想再這樣拖下去了，她知道，再拖下去對誰都不好，對他老婆尤其不公平，她認清了，反正這本來就是她去借來的幸福，她只是個得不到任何人祝福的第三者……」

在電話裡，魏蔓宜這麼對我解釋。

我聽著，卻能感覺到林誼裡身體裡那深沉的痛。

要做這樣的決定，是需要多大的勇氣跟決心！

林誼靖一直都是個勇敢的人，關於這一點，我跟魏蔓宜都是由衷佩服她的。

因爲班上的學生要準備學校段考，林誼靖失戀這段時間，我也正好忙著，只能每天打電話給她，陪她聊聊天。

林誼靖總是堅強地笑著，卻不再像以前一樣吱吱喳喳說個不停，有時我們聊著聊著，她會突然沉默下來，問她怎麼了，她又會笑著說沒事。

問過魏蔓宜，她說林誼靖剛搬去的那天確實哭過，但後來就不再哭了。她不知道林誼靖是正在讓傷口癒合，還是在練習遺忘。偶爾她想找林誼靖談，林誼靖又總是笑著叫魏蔓宜不用管她，直說她很好，不會有事的。

「我是眞的希望她就像表面一樣是眞心微笑，而不是勉強撐起來的堅強。」魏蔓宜嘆著氣，又說：「她這樣，我反而更擔心。」

我們都知道林誼靖很愛逞強，也很會逞強。但是有些事，她決定不說就一定不會說，幾百個人拿刀架在她脖子上都一樣。

「或許只能等吧！等時間讓她慢慢復原，她就會走出來了。」我安慰著魏蔓宜。

魏蔓宜依然憂心忡忡，她問著，「萬一她像妳一樣，一段感情要用五年的時間遺忘，那要怎麼辦？」

「她不會。」

「妳怎麼知道？」

「因爲她不是死心眼的女生！」我笑著，「妳忘了，高中時，她常常三天兩頭就嚷著她好欣賞那個誰誰誰，覺得哪個某某某好帥，她喜歡的對象常常在更換，沒有一個持續超過半年的，妳不是常笑她花痴？所以我猜，最多半年她應該就能走出來了。」

「但願如此。」

在我忙著補習班的工作與擔心林誼靖的同時，蘇諺齊也好忙，他忙著幫他班上那些小鬼們複習功課，也忙著他們的團練。

每天，他會來接我去吃早餐，送我上班，自己再去上班。中午有時會陪我去吃午餐，有時留給我跟林燕婷一起吃午餐、聊是非的機會，晚上下課後，他會再來接我下班去吃消夜，或是載我四處晃晃，散步聊天。

這幾乎就是我跟他全部的相處模式。

很簡單、很平凡，但幸福。

在他身邊，我總是很放鬆，所有的情緒都不用隱瞞，就算不開心也不用刻意壓抑。

我覺得這是我生命裡的小確幸，因爲，跟他在一起，我依然能自在地做我自己，不用特別討好，也不用隨時擔心會不會因爲自己做了什麼事，他就突然不高興轉身走掉。

有一次，坐在他的車裡，在古典鋼琴輕柔的演奏聲中，我突然轉頭對他說。

「我覺得我很幸福。」

蘇諺齊轉頭看我一眼，笑了。

他說：「幹麼突然這樣說？」

「沒有爲什麼，就是這樣覺得，所以就說出來了。」

「有什麼特別原因，讓妳產生這種幸福的感覺嗎？」

「有啊。」我認眞地點頭，「你就是特別的原因啊。」

「喔？」

「你總是很包容我，給我很多信任跟自由，所以我覺得很幸福。雖然跟你在談戀愛，卻一點也沒有綁手綁腳的感覺，我還可以是原來的我，這對很多人來說，是非常不可思議的情境。」

「爲什麼談戀愛會綁手綁腳？我不懂妳這樣的理論。」

「可能就是你說過的……佔有慾吧！我以前那個男朋友，他常常都會跟我說他覺得我怎樣很棒，哪些地方他不喜歡，我應該要改一下……後來他不滿意的點越來越多，我慢慢變成一個他希望塑造成的人，卻不再是我認識的那個我。」

說完，我笑了一下，又接著說：「但是你不會唷！你從來不會跟我說我怎樣你不喜歡，也不會限制我或要求我什麼……喔！我以前那個男朋友很討厭我吃咖哩飯，因爲他超討厭咖哩飯的味道，可是偏偏我就很喜歡吃咖哩飯啊，所以常常都只能在跟林誼靖她們聚餐時才能吃一下。吃完如果要跟他見面，我都要再衝回宿舍刷牙，免得被他發現我吃過咖哩飯的味道，他那個人是可以因爲這樣大發脾氣，好幾天不跟我說話的喔，很可怕。」

「還好我很喜歡吃咖哩飯。」蘇諺齊幽默地說。

「對啊，還好你不像他那樣。」

蘇諺齊嘿嘿嘿地笑了幾聲，突然壓低音量，神祕兮兮地說：「偷偷告訴妳一件事，妳想不想聽？」

「什麼？」

感覺像是什麼大祕密，我不由得睜大眼，傾耳靠近。

「我喔，其實是故意的。」蘇諺齊依然壓低著聲音說。

「什麼故意的？」

「對妳大方啊、溫柔體貼啊，都是故意的。」

「啊？」我瞪大眼看他。

「我其實計謀很久了，因爲……只有這樣，妳才會把他從妳的腦中刪除，以後只把我留在妳的腦海裡。」

「……所以？」

「所以，不管他是不是還在妳記憶裡，我都會把我的大方跟溫柔體貼貫徹始終啊。」蘇諺齊看我那一臉被驚嚇的表情，樂得哈哈大笑，「這樣妳說好不好啊？」

「蘇、諺、齊！」我咬牙切齒，「這樣耍我很好玩嗎？」

「還不賴啊，我看妳挺配合的，表情變化萬千。」蘇諺齊還在笑。

「那要不然從明天起我開始對你忽冷忽熱，讓你的心情也變化萬千，你覺得如何？」

「呃……不好吧！」

這回，他終於不笑了。

「記住！」我握著拳頭，在他眼前晃了晃，表情殺氣騰騰地說：「女人不是好惹的，我們的拳頭也是有練過的喔。」

「是的！女王。」

這年頭，什麼事都要來點下馬威才能事半功倍，當然，也包括愛情。

其實幸福也沒什麼捷徑，不過就是在面對他時，微笑多一點，脾氣少一些。

在電影院撞見魏蔓宜和梁祐承時，我其實在心裡遲疑了一下，很猶豫到底該不該走過去跟他們打招呼。

能巧遇魏蔓宜我當然很開心，但再看見她身旁的梁祐承時，我的心情就頓時黑掉一半了。

有些事，你就算從來不在乎，對方未必就會遺忘。有些事，就算你覺得已經過去，但在另一個人心裡，它可能會是永恆的曾經。

即使生活上已經跟梁祐承幾乎沒有直接交集，但他之於我，還是會有陰影的。

也許是太專注於內心的掙扎，和過分專心看著離我不遠處的魏蔓宜他們兩個人，以致於蘇諺齊買完爆米花走回來時，我並沒有發覺。

蘇諺齊大概是發現我的異狀，他站在我旁邊，順著我的目光望過去，又出奇不意地在我耳邊說：「怎麼了？看到認識的人嗎？」

我被他突如其來發出的聲音嚇到，回頭看了他一眼，眼裡有哀怨。

「幹麼一副嚇到魂不附體的模樣？喔……被我抓包妳在偷窺人家唷！」蘇諺齊笑起來，說完，停了幾秒鐘，忽然露出恍然大悟的表情，「咦？該不會那個男生就是妳的前男友吧？」

「怎麼可能？」我直覺反駁，「那個男生是我學長啦。」

「所以他旁邊那個女生是他女朋友？」

我點頭，「對啊，就是我的高中死黨魏蔓宜，我跟你提過的。」

「就是寫小說跟劇本的那個？」

「對，就是她。」

「那妳幹麼不過去跟他們打招呼？」

「我……唉，這個故事很長，我改天再跟你說。」

「好。很長的故事妳改天說，那妳現在要不要走很短的距離過去跟他們打招呼？」

蘇諺齊用熱烈的眼神望著我，見我還在猶豫，又補了一句，「我很想認識作家耶，我的朋友裡沒有這樣的人，我想知道當作家的人是不是都很浪漫，講話都很優雅有氣質。」

「恐怕你會失望。」我直接潑一桶冷水給他。

「眞的嗎？」

「魏蔓宜並不浪漫也不優雅，她職業病很重，當她的朋友都要特別小心，有時候我們身旁經歷過的事或說過的話，都會被她巧妙地帶進她的小說或劇本裡，變成故事裡的一部分。所以……你確定你要過去認識她？」

「當然！」蘇諺齊肯定地點頭，「再怎麼說，她是妳的死黨，就算冒著全身都可能被透視，沒有任何祕密的風險，我也一定要認識妳的朋友，走進妳的世界，讓他們都認同我，知道我就算拚了命也一定要守護著妳的幸福的。」

「蘇諺齊，你有沒有發現你最近很油腔滑調？」

雖然如此，我卻無法否認那些話確實觸動了我的心弦，讓人聽了很有幸福感。

「眞心話被妳說是油腔滑調，我眞傷心。」

蘇諺齊皺著眉，露出又難過又無辜的表情。

我當然知道他是裝的，但即使是裝的，只要看到他露出可憐兮兮的模樣，我就會心軟，徹底被打敗。

於是我拉著他的手，走過去和魏蔓宜他們打招呼。

魏蔓宜看見我，又驚又喜，她興奮地朝我們直笑，又熱情地和蘇諺齊攀談起來。

聊了一陣，魏蔓宜才想起我還沒跟她介紹蘇諺齊的名字，嬌嗔地數落我怎麼介紹人是介紹一半的。

「蘇諺齊，他的名字。」我指指蘇諺齊，笑著對魏蔓宜說。

「這名字很有氣質啊。」魏蔓宜笑著，又看看蘇諺齊。

我一聽見她這樣說，馬上露出淘氣表情，偏著頭跟蘇諺齊說：「魏蔓宜每次這樣說，都會讓我跟林誼靖提心吊膽，她的職業病很嚴重，只要聽到好聽的名字或是動人的詞句，就會向對方徵詢是不是可以把名字或是那些話寫進她以後的劇本裡。」

「喂，沈珮妤，妳這麼說太失禮了吧！」魏蔓宜出聲抗議，「我哪有每次都這樣啊。」

「所以，妳的意思是，就算妳覺得蘇諺齊的名字很不錯，也只是想稱讚一下，並不會有任何行動？」

「當然……怎麼可能！」魏蔓宜轉而面向蘇諺齊，「如果你不介意，我的下一部劇本是不是可以借用你的名字當作我故事裡男主角的名字？」

「那有什麼問題？」蘇諺齊爽朗一笑，「這是我的榮幸呢，妳要是眞的寫進去，我以後就有機會跟我的朋友們炫耀了。」

「沈珮妤，妳看吧！」魏蔓宜露出得意表情，瞧了我一眼，說：「妳男朋友說他可以跟朋友炫耀呢！所以能被我寫進劇本裡的名字或文句，都是我認定的上上之選，那可是榮幸耶，妳以後不要再笑我職業病了，要不然我就把妳的名字也寫進去，讓妳的名字成爲路人甲的萬年姓名。」

「這招眞狠。」我推推她的肩膀，齜牙裂嘴地露出猙獰表情，「居然這樣威脅我，妳活得不耐煩啦？」

魏蔓宜嘻嘻笑，三個人就這樣你一言我一句聊個沒完沒了。

相較於我們三個人的一片歡樂，梁祐承就顯得鬱鬱寡歡了。他獨自一個人，一句話也不說，直接走到一旁的沙發區坐著，安靜地玩手機。

直到進了影廳，我們才和魏蔓宜他們分開。魏蔓宜他們坐在我們後面幾排的位置，電影開演前，我還轉頭看了魏蔓宜好幾次，擠眉弄眼地做鬼臉給她看，把她逗得笑嘻嘻的，一副樂不可支的模樣。

「妳們兩個人看起來感情很好啊。」蘇諺齊把吸管插進杯蓋孔後，才將可樂放在我的杯架上，然後把頭靠在我耳邊輕聲地說。

「那是一定要的啊！」擔心吵到其他人，我也把頭靠向他耳邊低著聲回答，「我們可是高中同學、姊妹淘、一輩子的死黨呢。」

「可是妳那個學長看起來好像不怎麼樂意看到我們兩個人。」蘇諺齊心思敏銳地察覺了。

「因爲我不喜歡我學長。」我誠實回答。

「爲什麼？」

「剛才跟你說了，那是一個很長的故事，我有空會跟你說。」

蘇諺齊不再追問，他只是安靜地握住我的手，然後說：「如果不是太愉快的回憶，其實妳不講也沒關係，眞的。」

有時候，我眞的覺得蘇諺齊很溫柔。

他總是溫柔地體貼著我、溫柔地安靜陪我，溫柔地笑著對我說：「沒關係呀，只要妳能快樂就好。」卻從來不會刻意挑起我的傷口，也不曾把我拿來和他之前的任何一屆女朋友作比較。

我知道我的缺點很多，我有時會任性，工作多時就會心情不好。心情一不好，就會擺臭臉，不管他問什麼都不回話，偶爾還會發發小脾氣，讓他哄哄我……

但是不管我怎樣，他從來沒對我臭臉過，也不曾對我說過一句重話。

也許，蘇諺齊不是完美的人，但沒有人可以完美，對我來說，他已經是最好的了。

所以，我遇見了最好的愛情。

電影播映到一半，我因為喝了太多可樂，有些內急。

「我先去洗手間。」我悄聲在蘇諺齊耳邊說。

「要不要我陪妳去？」

他轉頭看我，黑暗中，我看不清楚他的臉，只能透過微弱的光線，看見他臉部的輪廓，還有反射著微光的雙瞳。

「不用啦，就在外面而已。」我笑出來。

本來蘇諺齊堅持要陪我走出去，他的理由是怕我看不清楚台階會踩空跌倒，後來拗不過我，只好答應讓我自己去洗手間。

從洗手間出來，正要走向影廳側門時，卻在走道上看見梁祐承。我在心裡暗自喊糟，但要躲已經來不及了。

梁祐承寒著一張臉攔住我，我不高興地瞪回去，聲音冷冷的，「讓開。」

「妳這次是認真的？」他沒頭沒尾的，開口就這麼問。

「我聽不懂你在說什麼！」我閃過他，「對不起，我男朋友還在裡面等我。」

但我的手臂在下一秒鐘就被他用力抓住了。

他的手勁很大，抓得我有些痛，但我不想吭聲，也不求饒。

「妳就是寧願跟別人在一起也不肯給我機會，對嗎？」梁祐承的聲音裡透出濃濃的悲憤。

「你已經有魏蔓宜了，請珍惜她。」

「只要妳一句話。」梁祐承看著我的眼睛有些紅紅的，他頓了頓，又說：「只要一句，我馬上就跟她分手。」

我用力甩開他的手，脾氣已經開始暴走，「你不要再說這麼幼稚的話了，你們都在一起多久了！怎麼可以隨便說分就分？而且你也知道魏蔓宜那麼支持你、重視你，你怎麼可以說出這種話？」

「那妳認識我多久了？妳又怎麼可以這麼斷然地選擇牽起別人的手？這麼久的時間，我對妳的感情，難道妳一點都沒辦法體會嗎？這就是妳要的結局？那個人就是妳想選擇的人？那我算什麼？我這麼處心積慮地接近又算什麼？」

梁祐承痛苦地看著我，我能感受到他的難過，卻依然無動於衷。

愛情本來就是單選題，當我已經選擇一個可以住進我心裡的人，就再也沒辦法對其他人動心。

「你一開始就不是我的選擇，這件事，早在好幾年前你就已經知道了。我很感謝江瑞志離開初期你的細心陪伴，可是我們兩個人之間的友情畢竟昇華不成愛情，是你先逾越了我們之間的界線。而且，你既然已經選擇了魏蔓宜，就應該對她全心全意，她和林誼靖都是我最好的朋友，萬一你傷害她，我絕對不會原諒你，也不可能再跟你有任何交集。」

「妳明知道我會跟她在一起都是因爲妳！要不是之前妳一再閃躲，我也不會這麼做。」

我嘆了口氣，幽幽回他，「你可不可以不要再這麼執著於我爲什麼不愛你、不選擇你？感情的事本來就沒有標準解答，不是誰先出現在誰的生命裡，就非得要愛上先來的那個人不可。也不是誰比較好，就一定要選擇好的才可以。喜歡一個人，完全是心裡的感覺，不是時間可以成就，也不是距離可以促使。對我而言，喜歡就是喜歡，不喜歡就是不喜歡，我的心，它可以很誠實地告訴我，而我男朋友就是我的心幫我選擇的，所以，你放棄我吧，去珍惜你更應該珍惜的人，我祝你幸福。」

「可是，沒有妳我怎麼可能幸福？我那麼喜歡妳……」

「梁祐承，那是因爲我們沒有在一起過，所以你把我美化了，也把你對我的感情神化了。要是我們當初眞的交往，也許現在早就已經分手，而我在你的心裡恐怕也只是記憶裡的一小部分，不會美化，更不可能神化，或許當你跟別人提起我時，會搖頭嘆氣。你應該知道，其實我跟你個性上根本就合不來，我不會說好聽的話，我很情緒化，我不可能迎合你，更不可能忍受你成天只追求畫畫的夢想，而沒有固定工作。我是個實際的人，我沒有辦法接受你所做的任何一件不實際的事，這一點你是知道的。」

我心一橫，就把話說得又狠又難聽。果然，梁祐承一聽完我說的話，臉色變得很難看。

他是個自尊心強的人，禁不起別人的看不起。

「好好珍惜魏蔓宜，她才是你該全心全意的那個人。」

臨走前，我這麼對他說。

梁祐承不再說話，他看著我的眼神裡也不再有那麼多眷戀。我眞心地希望，當我把狠話說盡，他能透徹醒悟過來，不要再執著一段不可能開始的感情。

回到座位上時，才剛坐下，蘇諺齊的手就伸過來，握住我的手。

「妳不舒服嗎？怎麼去哪麼久？」他的聲音裡有某種程度的擔心。

「沒有！只是遇到一些事。」

「什麼事？」

「這件事包含在那個很長的故事裡，我有空再說給你聽。」

「原來那個很長的故事還有續集啊。」蘇諺齊幽默地說。

「對！」我有些無奈，「但我希望今天過後，它可以打上『the end』，畢竟歹戲拖棚太久了。」

因爲剛才發生的那段插曲，接下來的電影，讓我再也無心觀看。

電影散場時，我拉著蘇諺齊急急走進人群裡，想快點離開戲院。

「不跟妳朋友道別嗎？」擠在人群裡，蘇諺齊低著頭問我。

「人太多了，我再跟她電話聯絡就好，反正常常見面的。」我這麼回答他。

而其實我是怕再碰到梁祐承。

剛才在影廳外被他拉住的場面讓我還心有餘悸，被他挑起的情緒也還沒完全恢復，我實在已經沒有多餘的氣力可以再去應付他這個人。

在車上，我疲憊地靠在椅背上，閉起眼睛休息。

蘇諺齊體貼地一句話也不問，只調了調音響音量，換了張樂曲更具療癒功能的CD，讓我可以放鬆身體。

「喂，蘇諺齊，你會不會堅持一段不屬於你的感情？」閉著眼，我輕聲問道。

「要看對方是不是我很喜歡的人。」

「那萬一你喜歡的人已經有對象，或是你已經有對象了呢？」

「那我會放棄。」蘇諺齊停了一下，才又開口說：「不勉強，才是給對方最好的愛，喜歡是很個人的事，但前題是，不能辜負其他人。」

我睜開眼，看著我的男朋友，輕輕地問：「蘇諺齊，你知不知道我最喜歡你哪一點？」

「我多金又帥，還會彈吉他。」蘇諺齊搞笑地回答。

「才不是！」我被他逗笑，笑了一陣子後才認眞地說：「我喜歡你一直給我很溫暖的感受，不管發生什麼事，你都能正面思考，這跟我認識的一些男生很不一樣。」

「所以，我在妳心中的地位是不是又往上升了一點？」蘇諺齊笑嘻嘻地繼續搞笑。

「是！」我堅定地點頭，「大概往上爬了十公分。」

「才十公分？」蘇諺齊抗議著，「我會正面思考，又跟妳認識的那些男生都不一樣，這樣只值十公分？」

「其實那樣只值八公分，另外兩公分是我前面說的，你給我很溫暖的感受，這樣加一加才有十公分的。」我逗著他玩。

蘇諺齊露出一副快昏倒的表情，逗得我哈哈大笑。

一笑，心情似乎也就開朗許多，不再陰陰沉沉的。

後來，我把關於梁祐承跟我，還有魏蔓宜那個很長的故事全說給蘇諺齊聽。

在送我回家的路上，我緩緩地說著，蘇諺齊靜靜聽著，時間好像就在這個寧靜的空間裡靜止了。

偶爾我會去臆測我們的未來，但我更珍惜的，其實是我跟你的現在。

第五章．
每一段逝去的感情，或許只是爲了讓我們練習成長，練習珍惜下一個可能會在愛情裡傷害我們的人，直到遇見對的那個人，才能停止練習，眞正幸福。

隔天，我放假在家，而蘇諺齊去練團室練團。本來總是排得滿滿的時間突然空下來，我閒得有些發慌，於是想起魏蔓宜跟林誼靖，想到我好像有一段時間沒找她們兩個人一起吃飯了。

打電話給林誼靖時，她說魏蔓宜正在吃粥，我問她要不要約魏蔓宜晚上一起出來吃飯，林誼靖壓低聲音說魏蔓宜的狀況看起來好像不是很好，不知道是怎麼了，於是我自告奮勇，說要去魏蔓宜她家煮一桌子食物請她們兩個人吃。

林誼靖沒在電話裡吐槽我，她吃過我煮的咖哩飯，還說比外面餐廳煮得更好吃，於是在電話裡指定了這道餐點。

「有什麼問題！」我爽朗答應，「那我等會去超市買些食材，就過去找妳們喔。」

開車到超市買了一堆食材，我才又開車前往魏蔓宜她家。

到魏蔓宜家時，我只看到坐在客廳的林誼靖，卻不見魏蔓宜的身影。

「魏蔓宜呢？」站在魏蔓宜的房間門口，我問林誼靖。

「好像在睡，也不知道怎麼了。」

「生病了嗎？」

「看樣子不像，應該是心情不好，不知道發生了什麼事，她的臉色不太好，精神也不好，像個病人似的。不過我摸過她額頭，沒有發燒跡象。」

「但我昨天在戲院碰到她，她還有說有笑很活潑啊，怎麼才一天就這樣了？」

「妳昨天也去看電影？」

「對啊，魏蔓宜沒跟妳說？」

「沒有。她今天睡了一天，剛才還是我硬挖她起床強迫她吃東西，她才聽話照辦的呢。」

「妳怎麼沒問她到底怎麼了！」

「問得出來才有鬼！妳又不是不知道，她那個人的個性很牛脾氣很堅持，會說的事，不用人逼她，她就會主動說。不講的，就算幾個人一起拿刀架在她脖子上，她不說就是不說，怎麼逼都沒有用。」

我跟林誼靖邊說邊往廚房走去，魏蔓宜的房間門始終緊閉著，我有點擔心她。

林誼靖陪我在廚房爲晚餐奮鬥，我一邊把她洗好的菜切好裝盤，一邊跟她聊天。

「所以妳之後還要再重新找工作囉？」我把切下來的菜根部位丟進垃圾桶。

「嗯。」林誼靖用力點頭，又對我笑了笑，說：「反正就是不可能再回去原來的公司了，不過，想想還是覺得挺可惜的，我的舊公司福利眞的不錯，同事們也都很好……爲了那個臭男人，我的犧牲可眞大！」

「我還滿佩服妳的，要是我，恐怕沒有勇氣離開，大概會忍氣吞聲下去吧。」

「幹麼佩服我？妳不是也勇敢地離開妳一直喜歡的江瑞志了？」

「我那情況跟妳又不一樣！我是被拋棄耶，但妳是自己選擇離開的。」

「自己選擇離開也不是因爲有勇氣，有時候，決定在一起，或決定放棄，都是因爲心裡頭那一秒鐘的衝動，我其實也後悔過，尤其是感覺到特別孤單寂寞的時候，我就會想著，要是自己不要這麼執意，或許現在依然有個溫暖的懷抱可以耍賴，開心或難過的時候，也不怕找不到人分享了。」

我轉頭過去看著林誼靖，她依然微笑著，但那笑容裡揉進了些許哀傷的味道。

「有時想想，我也覺得自己很悲哀，明明不是條件不好的女生，身旁多多少少也都有一些追求者，爲什麼偏偏就是遇不到一段好的愛情？好不容易遇到他，卻是要與別人共享的。」

「喂，林誼靖……」

我想說些安慰她的話，卻被她直接打斷。

「好啦，妳不用安慰我啦！反正就當我在發牢騷嘛！」林誼靖又笑了笑，「我也知道痛過之後一定會痊癒，但傷口癒合前，偶爾還是會痛得想掉眼淚的嘛。妳就當作日行一善，充當一下我的垃圾桶，讓我倒一下心裡頭的垃圾吧。」

我安靜地把她洗好遞過來的雞胸肉切丁，半晌才說：「喂，林誼靖……就算我喝酒會起酒疹，但只要妳需要，我還是會陪妳喝的。」

我話說完，並沒有抬頭看林誼靖，她卻沉默了，整間廚房只聽見水龍頭嘩啦嘩啦的流水聲。

良久，她才吸吸鼻子，抬起頭，埋怨地瞪了我一眼，揚著有些鼻音的聲音說：「幹麼啦妳！明明知道我還在傷心期，對溫情的抵抗力很弱，偏偏又喜歡講這種害我酸鼻子紅眼睛的話，眞的很討厭耶。」

我的嘴角不自覺上揚了。

之後，林誼靖開始和我聊些輕鬆的話題，我在煮咖哩飯時，便湊到我身邊，一下子問步驟、一下子問食材，吱吱喳喳個不停。

但我絲毫不覺得她吵，她願意說話，表示她正努力復原中。我最怕她心情不好又沉默搞自閉，那會讓我覺得她離我很遠，完全不知道她心裡，正躲著什麼樣的悲傷。

我們花了將近一個鐘頭的時間，煮了四菜一湯，另外還有咖哩醬。

林誼靖一直嚷著咖哩醬是加重她飢餓程度的萬惡之源，在我把最後一道菜端上桌後，便迫不及待衝去敲魏蔓宜的房間門，硬是把魏蔓宜從房間裡挖出來。

魏蔓宜走出房門，我才看見她的模樣好憔悴，跟昨天在戲院遇到的那個活蹦亂跳的魏蔓宜簡直不像同一個人。

我看著她，卻不知道該怎麼開口跟她說話。

吃飯時，林誼靖一直說著話，她從最近的八卦新聞聊到政治議題，再聊到近期很夯的電視劇，我跟她你一言、我一語地說著聊著，魏蔓宜始終沒有插嘴發出聲音。

本來林誼靖沒發現魏蔓宜的異常，她依然情緒激昂地發表她的意見。但大概是後來發現我每隔一兩分鐘就瞄魏蔓宜一眼，才突然閉上嘴。

整個飯廳立刻靜得只剩下碗筷碰撞的聲響。

林誼靖畢竟是一根腸子通到底的人，她沒辦法忍受大家各懷鬼胎安靜吃飯的場面，幾分鐘後，她就扯著嗓門對魏蔓宜說：「喂，魏蔓宜，妳到底是怎麼了？這樣怪里怪氣的很討厭，又不是生病或怎樣，有什麼心事就說出來嘛，悶在心裡搞神祕，難道會比較快樂？」

魏蔓宜抬頭看她一眼，又低下頭，無力地說：「沒事。」

「騙鬼！沒事妳會這樣！」

林誼靖不知道哪根筋不對，「碰」地一聲，用力地把碗往桌上一放，站起來，很生氣地對魏蔓宜說：「了不起就是失戀，再不然就是不小心有了梁祐承的小孩，要不就是工作上的事。妳自己說說是哪一項？又沒有什麼不能解決的，妳有必要讓自己死氣沉沉，要死不活的嗎？看了就讓人不爽快。」

魏蔓宜不知道是被林誼靖突然摔碗的舉動嚇到，或是被林誼靖猜中心事，我看見她的眼眶迅速紅了起來。

我急忙拉拉林誼靖的手，低聲勸她，「喂，妳少說兩句啦。」

但林誼靖哪聽得進去，她是那種火氣一來就口沒遮攔的人，誰來擋都沒有用。

「她這個人就是愛把事情藏在心裡，有什麼事不能說出來好好討論的？她每次都愛搞這招，幹什麼呢？我失戀時都沒她這麼失神喪志，她這樣尋死覓活的又是怎樣？」

林誼靖罵著罵著，又轉頭過去盯著魏蔓宜，繼續發飆，「大不了就是喝個幾杯，醉個幾晚，日子還是要過，工作還是要做，這個世界並不會因爲妳一個人的壞心情就停止運轉。要不，妳叫世界末日快點來，全部的人都來給妳陪葬算了！」

我一面拉著林誼靖的手，想提醒她少說兩句，一面又擔憂地看看魏蔓宜，很怕她突然情緒控制不住會哭出來。

哪知林誼靖罵著罵著，突然又「碰」地一聲，雙手擊在桌面上。她推開椅子，說：「我去買啤酒。」

「妳買什麼啤酒啊？口渴冰箱有果汁，我剛才買來的。」我說。

林誼靖指著魏蔓宜，依然餘怒未消地說：「這個人，要是不用啤酒把她灌醉，她一定不會把心裡的話說出來。」

「可是妳酒量比她不好，說不定她還沒醉，妳就……」

「所以妳要留下來幫我擋酒，妳不是不會喝，妳是不愛喝，妳酒量是我們三個人裡面最好的，今晚就讓妳跟她拚酒了。」

「喂，妳……」

「為了朋友好，我知道妳肯的。」林誼靖看著我說。說完後，打開大門，又說了句，「我去買一下就回來，等我。」就出門了。

她一出門，我只好又坐下來，心情卻平靜不下來，眼睛直盯著坐在一旁的魏蔓宜，她的眼睛跟鼻子都紅紅的，雖然不出聲，眼淚卻無法克制的滴下來。

我知道，在這種時刻碰觸她的傷口是有些殘忍，但我還是想知道到底發生了什麼事，如果她肯說，或許大家可以一起來想想辦法，也總好過她一個人在那裡傷心難過。

躊躇片刻，我終於還是開口了，「到底發生什麼事了？有什麼値得妳這樣愁眉苦臉的？昨天晚上不是還好好的嗎？」

我這一問，魏蔓宜的眼淚掉得更急更快了，她哽咽得好嚴重。片刻後，等平靜了一點，她才看著我，幽幽地說：「沈珮妤，其實……我都知道了。」

我不懂她話裡的意思，於是睜大了眼看她，她深吸了一口氣，接著才又說：「昨天在戲院裡，我聽到梁祐承跟妳的對話，我知道他喜歡的人……是妳……」

有時候，決定在一起或決定放棄，都是因爲心裡頭那一秒鐘的衝動。

整個世界彷彿靜止了，我只聽見自己心臟跳動的聲音，還有魏蔓宜無法克制的啜泣聲。「心亂如麻」原來是這樣的感覺，這一刻我眞正感受到了。

腦袋裡紛紛亂亂，我跟魏蔓宜的姊妹之交會不會就到這裡結束？就算以後再怎麼努力維持，心裡都會有疙瘩在的吧！

這一刻，我的眼眶發熱了，眼前冒出水霧。

我伸出手，卻在即將碰觸到魏蔓宜的手臂之前又退縮了。

到底該怎麼樣才能把話解釋清楚呢？我一直希望她可以快快樂樂的。在我的世界裡，她跟林誼靖就是我的半邊天，她們兩個人的幸福快樂，對我而言，是最重要的事。

「魏蔓宜……」

我才開口叫了她的名字，話都還沒說，眼淚就掉下來了。

「我沒有怪妳，我知道這件事不是妳的錯。」

魏蔓宜站起來，去沙發旁抽了兩張面紙，走過來時，把其中一張遞給我。

「妳哭什麼呢？」她努力擠出一個微笑，「失戀的是我又不是妳。」

「對不起……」

千言萬語也不足以表達我心裡萬分之一的歉意。

「真的不是妳的錯，梁祐承喜歡妳，也不是妳可以控制的事。」

「但他因此傷害了妳……」

魏蔓宜用她手上的面紙用力地擤鼻涕，我看著，卻突然笑出來。

「魏蔓宜，妳擤鼻涕的樣子看起來真的很沒氣質。」

魏蔓宜聽我這樣說，愣了一下後，也笑了，「妳看過誰擤鼻涕很有氣質的？」

「但妳是氣質女作家啊。」

「再怎麼有氣質的女作家，也一樣有民生需求，總不能空靈一輩子吧。」

她說完，我就坐到她身旁去挽住她的手，把頭靠在她肩上，用可憐兮兮的語氣說：「妳可以不要生我的氣嗎？我眞的很擔心妳會跟我絕交。」

「我們都多大年紀了，哪裡還會幼稚地玩絕交這種戲碼？」魏蔓宜又是一笑，「妳別擔心啦，我雖然難過，但還沒失去理智，我不會生妳的氣，也不會跟妳絕交啦。」

我抬起靠在魏蔓宜肩上的頭，認眞看她，「眞的嗎？」

「眞的。」

「所以還是好朋友？」

「當然。」魏蔓宜用力點頭，「一輩子的。」

她一說完我就用力抱緊她，鼻頭又酸了起來，眼底冒出淚。「妳知不知道妳剛才說妳知道這件事時，我眞的嚇死了。這個祕密藏在我心裡好久好久了，我也罵過梁祐承很多次，我很希望他可以珍惜妳，看見妳開心地聊起他時，我知道妳是眞的很喜歡他，但是有些事我就是心有餘而力不足，就算我用再怎麼狠毒的話罵他，他就是醒不過來，所以後來我就想，如果把這件事就當作是一個祕密，永遠埋在我心裡，只要我或梁祐承都不講出來，也許妳就能一直幸福下去吧。」

魏蔓宜摸摸我的頭，心疼地說：「沈珮妤，謝謝妳，謝謝妳總是設身處地爲我著想。當妳的朋友，真的很幸福。」

林誼靖拎著一袋啤酒回來時，看見魏蔓宜跟我抱著哭成一團完全嚇壞了。她急忙衝過來，追問我們到底發生什麼事。

把梁祐承的居心告訴她時，林誼靖的火爆性子馬上發作，直說要去找他算帳，我攔住她，很擔心她這樣氣沖沖地衝過去，明天我會在報紙社會版裡看到她的名字。

「妳現在去可以做什麼啦？」

我邊拉住林誼靖，不讓她靠近大門，一邊拔高音量問她。

「我要去痛揍他一頓！他這樣眞的是太過分了。」

「妳打得過他？他是男生耶，妳力氣再怎麼大也打不贏人家的啦！」

林誼靖的力氣眞的很大，我都快要拉不住她了。

「打不過也要打，我就是氣不過嘛！他憑什麼？魏蔓宜欠他什麼？我怎麼可以忍氣吞聲讓他這樣欺負魏蔓宜？」林誼靖用力甩開我的手，大聲說：「不要再拉我了啦！就算我是女生又怎樣？我卯足全力揍他，了不起就是挨他幾拳，死不了人的！」

「林誼靖……」

眼見林誼靖要衝過去開大門，我動作更迅速地跑過去將身體貼在門上，想開口再勸勸她。但才一出口，魏蔓宜的聲音就打斷我們了。

「妳要是從這裡走出去，眞的跑去打梁祐承，我就不原諒妳了。」魏蔓宜聲音不大，但每一字一句，都鏗鏘有力，很有氣勢。

「魏蔓宜，他欺負的人是妳耶！」林誼靖不服氣。

「那又怎樣？如果不是我太笨太喜歡他，會有機會讓他傷害我？」魏蔓宜說著，眼眶又紅了起來。「感情這種事，一個巴掌拍不響，所以我活該，不干他的事……」

「什麼不干他的事？」林誼靖又激動起來，她衝過去抓住魏蔓宜的手，「妳可不可以有志氣一點？遇到這種事，妳該做的不是躲起來，是應該狠狠甩他幾巴掌，質問他爲什麼要這樣騙妳！他這樣做，跟我那個無緣的男朋友有什麼差別？至少我男朋友在一開始就把他的狀況說清楚，才不像梁祐承那樣耍賤，東欺西瞞的，傷害了一堆人……」

魏蔓宜低著頭哭起來，「可是有什麼辦法？我就是那麼喜歡他啊，喜歡到就算現在自己滿身都是傷，也還是捨不得看到他受任何傷害……」

林誼靖被氣到半晌說不出話來，最後她說：「沒見過比妳更笨的！」

於是，林誼靖答應魏蔓宜暫時不去找梁祐承算帳，但她不保證自己如果遇到他，理智會不會突然斷線衝上去揍他。

那個晚上，我們三個女人就這樣坐在魏蔓宜她家客廳的木質地板上喝酒。林誼靖一邊喝還一邊罵梁祐承，魏蔓宜的眼淚像梅雨季，一陣一陣的，我跟林誼靖卻都很有默契地不去安慰她。

太傷心的時候，所有安慰的話都是廢話，它們不會讓人停住眼淚，只會讓人掉更多淚。

所以我們不安慰，只喝酒，再搭配林誼靖的批評聲。人生最棒的事大約不過如此，跟自己最信任的朋友不管今夕是何夕地吃吃喝喝，一起有共同的敵人，可以不怕被對方知道地大聲罵出來，發洩心裡的不痛快。

後來，我們三個人都喝多了，也不知道是誰先醉倒的。第二天醒來時我們三個人都歪歪斜斜地躺在魏蔓宜她家客廳地板上。

「說好了，不要為了那個男人壞了我們姊妹的感情喔。」

從魏蔓宜家要離開時，魏蔓宜在門口抱了抱我，又對我伸出小指頭。我們兩個人就像學生時代那樣慎重地勾勾手、蓋手印。

這是我們對彼此的承諾，一輩子的承諾。

愛情或許絢爛，卻可能只有一秒鐘的美麗，而友情卻是一輩子的。

才回到家，蘇諺齊的電話就來了。

我一面脫鞋，把脫下來的高跟鞋擺進鞋櫃裡，再拿出室內拖鞋穿上，一面跟蘇諺齊講電話。

「我剛到家。」我說。

「昨天不是喝了酒？現在頭會不會痛？宿醉的感覺應該不好受吧！」

「是有一點。」我誠實回答，「不過我要睡一下，睡醒應該就會好一點了。」

正聊著，門鈴就響了。

「你等我一下，有人按門鈴，我去開門一下。」我說著，就往大門移動。

結果，門一開，我就看見蘇諺齊站在我家門口，手機還貼在耳朵上，手上拎著一袋東西。

我有些意外，隨即被蘇諺齊臉上的笑容融化了，臉上也漾起笑意。兩個人就像傻瓜一樣，一人拿著一支手機貼在耳朵上，相視微笑。

蘇諺齊走過來，按下手機上的結束通話鍵，摸摸我的頭，溫柔地說：「妳昨天打電話來，說妳要在朋友家陪她們喝酒時妳知不知道我有多擔心！很擔心妳會不會酒後開車，也擔心妳喝酒會不會又起酒疹，還擔心妳宿醉後會很不舒服，所以昨天晚上我睡得不好，早上天一亮就起來，跑去買了解酒液跟早餐，又到妳家樓下跟管理員伯伯打屁聊天，先套好關係，直到剛才看見妳的車開進地下停車場，才拜託管理員伯伯幫我開了妳家樓下的電子鎖讓我上來……」

我睜大眼看著蘇諺齊，心裡流過一道暖流，好感動！

有人把你放在心上，關心著、擔心著的感覺，原來是這麼的讓人窩心。

我一言不發地撲進蘇諺齊懷裡，雙手緊緊攬住蘇諺齊的腰，早就不管在這裡做這樣的舉動會不會被住在我對面的鄰居撞見。

「餓了吧？要不要吃點東西？」

還是蘇諺齊理智，他把我拉進屋子裡，關上大門後，還用手順了順我有些雜亂的頭髮，在我額頭上印下一個吻，才晃晃他手上的塑膠袋問我。

我點頭，老實回答，「餓壞了！而且昨天晚上我們全喝掛了，睡在魏蔓宜她家客廳地板，早上醒來時，全身痠痛死了，就想著趕快回來躺在我溫暖的床上，什麼東西也沒吃就跑回來了。」

「我在妳愛吃的那間早餐店買了煎餃跟蛋餅，還有妳喜歡的熱豆漿。」

蘇諺齊一面說，一面把他買來的東西一樣一樣拿出來擺在桌上。

「你還特地用保溫杯裝豆漿喔？」

我才打開蘇諺齊的保溫杯，豆漿香濃溫潤的香氣就撲鼻而來。

「因爲妳喜歡喝熱的，我不知道妳什麼時候會回來，又想著妳說過吃煎餃一定要喝有點燙口的熱豆漿，這樣最有幸福感，所以就拿保溫瓶請老闆幫我把豆漿裝起來。」

我突然間覺得自己好幸福，我眼前這個男人是眞的把我說過的話、做過的舉動一點一滴記在自己的腦裡，如果不是眞的在乎，誰能夠這樣做？

於是，我幸福地吃著蘇諺齊替我買來的早餐，還強迫蘇諺齊跟我一起分享。

「不用，妳吃就好，我剛才在樓下跟伯伯聊天時吃還了。」

「你跟伯伯一起吃早餐？」

「對啊，要套交情嘛，所以就買了好幾份，一面跟伯伯聊天，一面把我買的早餐拿一些出來跟伯伯一塊兒吃，妳也知道，吃東西是最容易卸下一個人的心防嘛，不然我哪有機會讓伯伯幫我開妳家樓下的電子鎖，上來幫妳送早餐？」

我的心裡，暖暖的。

突然明白，命運的每項安排其實都有它的用意。或許，我會失去江瑞志，只是爲了讓我遇到更珍惜我的蘇諺齊。

我看著蘇諺齊微笑，夾了一顆煎餃，半威脅半撒嬌地遞到他面前說：「不然你咬一半，只能一半喔！我想跟你一起分著吃一個東西，這樣感覺我們好像更親近了。」

蘇諺齊露出受不了我的表情，再小口地咬了煎餃一口，然後我才心滿意足地把另一半的煎餃放進自己嘴裡，邊咀嚼邊衝著蘇諺齊笑。

我想我是眞的餓壞了，所以比平常吃早餐速度更快一倍地吃光蘇諺齊幫我準備的愛心早餐。

喝完那杯有點燙口的熱豆漿後，我很滿足地嘆氣。

「妳今天很有實力喔。」蘇諺齊取笑我。

「那是一定要的啊！」我挽住蘇諺齊的手，繼續撒嬌著，「我男朋友特地幫我買來的幸福早餐，我一定要吃光光啊。」

跟蘇諺齊交往得越久，我在他面前越放得開了，之前就連挽他的手都覺得彆扭，現在卻越來越自然了，甚至會用噁心巴拉的聲音跟他撒嬌，完全沒有任何不自在。

「不是累了？要不要去睡一下？」

「我才剛吃飽，現在就去躺著一定會變胖。」我搖頭，拿遙控器開了電視，窩進沙發裡，拍拍我身旁的位置對蘇諺齊說：「你有沒有要趕去練團？要不要過來坐一下？」

蘇諺齊走過來和我並肩坐著，「下午再去練團就好了，讓小胖多休息一下。」

我用電視遙控器切換頻道，眼睛看著電視螢幕，嘴裡問著，「小胖最近還好嗎？」

「老樣子。」蘇諺齊笑了。「一摸到貝斯，整個人就變不一樣，活力十足像十八歲的小子，根本想像不出他躺在病床上有氣無力的虛弱樣。他昨天還帶了他剛買的新帽子來給我們看，說下星期登台時一定要戴那頂帽子上台。」

「他頭髮長出來沒？」

因爲車禍撞傷腦部，醫生開刀前，醫院把他的頭髮剃光了。魏小胖爲了這件事碎唸過很多次，他一直很寶貝他的頭髮，結果他精心多層次挑染的頭髮就這樣三兩下被剃光光，也難怪他會抱怨。

不過，劉慧妤也回答得很妙，她直接吐槽魏小胖，「誰叫有人喜歡酒後駕車，被剃光頭髮也只是剛好而已，沒被抓去關個幾天已經是祖上積德了。」

「冒出一些了，就像阿兵哥那樣的三分頭。」蘇諺齊又說。

我點點頭，終於切換到想看的頻道，問蘇諺齊要不要看體育或新聞頻道，他搖頭。

「那就先看這個了，我好久沒看卡通了。」我說著，就把遙控器放到一旁去，又把頭靠在蘇諺齊的臂膀上。

但不管我怎麼靠，好像就是不太對，只好不停地挪動身體，想找個最舒服的姿勢看電視。蘇諺齊見我動來動去，好像怎麼挪身體都不舒適，乾脆就把我攬進他懷裡，又拿了一顆抱枕讓我抱著。

「妳同學後來心情好一點沒有？」

「她說有，但我不知道是不是真的像她說的那樣好一點了。而且，她也知道梁祐承跟我的事了，好糟糕！」

「妳學長自己向她坦承的？」

「不是，是她聽見了我跟學長那天在影廳外的對話。雖然我從來沒想過要傷害她，但我還是覺得好抱歉。」

「這件事妳本來就沒有錯，不要想太多。」蘇諺齊安慰我，「我反而覺得妳很善良，時時刻刻都在為妳同學設想，想辦法不讓她受傷害。」

「但她到底還是受傷了。」我難過地說。

「或許，這次的打擊是為了讓她更認清她愛的那個人，或是真正關心她的妳。如果她能從這次的傷害中體悟到更多以前體會不到的，也不一定是失去。」

「也許你是對的。」我打了個哈欠，眼皮漸漸沉重起來，嘴巴卻依然不肯休息，「就像我失去那段讓我痛苦了五年的感情，就是為了遇見更適合的你一樣，對不對？」

「對。」蘇諺齊回答得很快，他用手指梳著我的頭髮，聲音輕輕地說：「失去了，才會更懂得珍惜。我們都失去過，所以才能更珍惜現在的幸福，如果沒有走過那一段灰黯的歲月，或許，就不會有現在的知足。」

我閉起眼睛，又打了一個大大的哈欠，含糊地說：「蘇諺齊，你可不可以答應我，你願意這樣一直保護我，到你不再喜歡我的那一秒為止？」

後來，我沒有聽清楚蘇諺齊到底說了什麼，沉重的睡意狠狠襲捲了我，在我說完那句話之後，就很沒用地失去意識了……

而有些承諾卻是言語無法立誓的，它們只藏在你看著我的深情眼神中

再次在練團室看見魏小胖，我很開心。

他看起來好多了。

我走進去時，他正好坐在沙發上休息，看見我，他開心地咧開嘴笑。

「又給大家送點心來？」他問。

「是啊。」我走過去，伸手想摸摸他的三分頭，問他，「給不給摸一下你的頭髮？我以前看到人家留這種頭髮都很好奇，看上去，覺得摸起來手心應該會刺刺的，很舒服的樣子。」

「妳眞變態。」魏小胖笑著，便低下頭讓我摸他的頭髮。

「眞的刺刺癢癢的耶。」我驚訝得睜大眼，笑得好開心。

「果然很變態，跟阿齊一樣。」

「才沒有！蘇諺齊哪有很變態？你都亂說。」

「哎唷，是怎樣？才在一起沒多久，就整個人偏向他那邊幫他說話啦？哎哎，你們這些傢伙，全是有異性沒人性啦。」

魏小胖惺惺作態地在那裡唉聲嘆氣，那動作跟模樣看起來很有諧星架勢。

「好啦好啦，我有異性沒人性，還是很講朋友道義地幫你們送點心來了啦，你要不要過來吃？」

「問這個不是廢話嘛！喂，妳知道這個世界上什麼最好吃？」

「什麼？」

「不用錢的最好吃。」他笑嘻嘻地順手從紙袋裡揀出一塊炸魷魚往嘴裡送去。

我翻了翻白眼，「難怪我每次帶東西來你都會一邊吃一邊說『好吃、好吃，超好吃』。原來是因爲不用錢的最好吃，是吧！」

「嘿！妳很愛記仇耶。」魏小胖又捏了一塊甜不辣塞進自己嘴裡，「女生呢，還是傻傻的比較幸福，腦袋裡不要裝太多東西，事情過了馬上忘記，愛情才能順順利利。」

「我聽你在亂說。」我對他皺皺鼻子。

「眞的啦！這是我的肺腑之言。」

「講得好像你很了解一樣！」

「妳不知道？我就是傳說中的：男生的好朋友，女生的男朋友呢！」

「嘿嘿嘿。」我先是笑了三聲，再馬上板起臉冷冷地說：「很不好笑！」

「妳果然不懂我的幽默，難怪我跟妳當不成男女朋友。」魏小胖假裝難過地嘆氣。

「眞是還好，算我家祖上積德呢。」我拍拍胸，一臉幸好的表情。

「那是妳家祖上不懂我的好啦。」魏小胖說：「嫁給我，妳可以少奮鬥三百年，妳懂不懂？」

「不懂。」我直接回答，「你是家財萬貫還是富可敵國？再說，就算嫁給你就可以少奮鬥三百年，我也沒三百年的命可以活。」

「哎唷，妳眞的不懂耶！那是因爲我是新好男人，嫁給我的女生，回家都可以不用做家事，只要專心去上班，錢賺多賺少都沒關係，我會多賺一些錢養她，家事也都我來做，假日還有鐘點阿姨會來幫忙打掃，這樣不是少奮鬥三百年？」

「講的是人生道理，做的是傷天害理……」我完全嗤之以鼻。

「喔，妳都不相信我！」魏小胖假裝生氣地拿出一塊肉塊，把它丟進嘴裡，很用力地咀嚼了幾口。「氣死了，我要把這裡的東西吃光光，好向妳表達我的不滿。」

「小心胖死你。」

「胖死也比被妳氣死好。」

小胖說完，又吃進兩塊甜不辣。

「喂，你眞的打算把那些全吃光光？」

「怎樣？妳擔心喔？」小胖抬頭看我。

「我怕你會變魏大胖。」我刺激他。

小胖聳聳肩，一臉無所謂，「又沒差！大胖跟小胖不都一樣？反正又沒有人喜歡我。」

「誰說沒有？」我怕他胡思亂想，連忙說：「我就很喜歡你啊。」

「那妳要不要考慮跟蘇諺齊分手，跟我在一起？」小胖一臉正經。

「小胖你這是病急亂投醫嗎？」我睜大眼，「你說過我不是你喜歡的那一型啊。」

小胖看看我，突然表情變嚴肅，他說：「妳知道，在這個世界上，一個人喜歡上另一個人的機率是多少嗎？」

我搖頭。

「是七十億分之一。」他說，然後又笑了，「所以，劉慧妤是我七十億分之一的機率，是不是很難得？」

我點頭。

「所以妳跟蘇諺齊能夠互相喜歡，是七十億分之一的平方。很難得的，一定要好好珍惜，懂不懂？」

我又點頭。

「妳知道接下來我要怎麼做嗎？」

「什麼東西怎麼做？」

「怎麼對付劉慧妤啊。」

「啊？」

對付？聽起來好可怕！我的腦子裡瞬間閃過好幾個可怕的畫面。

「妳知道女生最怕什麼嗎？」小胖又問。

「沒有人愛吧。」這是我的心聲。

「對。」小胖點頭，「還有青春逝去。」

我同意地點頭。

「劉慧妤做那種空姊的工作，常常可以遇到很多人，裡面可能也有些是大帥哥或有錢老頭。但因爲她的工作沒辦法在一個地方久留，所以那些豔遇都可能只是短暫性的。老實說，沒有幾個男人可以忍受自己的女人一天到晚飛來飛去，還要服侍別的男人……」

「服侍別的男人？喂，魏小胖，你這樣講眞不好聽！」我瞪他。

「不是嗎？空姊不就是人家說的高級服務員？她們要服侍所有飛機上的乘客，裡頭當然也包括一些男性乘客啊。」

「好啦！但你那樣講還是怪怪的。」

「喂，這不是重點，重點是，我看依劉慧妤的狀況，她大概很難交到眞心對待她的男朋友。她在每個地方停留的時間都不長，感情快萌芽時，她又要去別的地方了，所以她才會一直單身。」小胖笑得好得意，「反正我有的是時間啊，女人的青春最怕耗盡，男生才不怕，我們是越老越値錢。」

「所以？」請原諒我資質愚鈍。

「我就等她驚覺自己年華老去時，再向她告白一次，說不定，到時她會抱著『沒魚蝦也好』的心態跟我交往……」小胖越說越起勁。

「你還沒放棄？」我驚訝。

「我為什麼要放棄？」小胖聽見我的話，更驚訝了，「她是我的七十億分之一耶，這麼難得的機率，我為什麼要放棄？」

那一刻，我突然覺得小胖讓我刮目相看了，他的堅持讓我很感動。

「喂，如果哪天你眞的告白成功了記得跟我說，我一定幫你辦一個 party，幫你擴大慶祝。」

「Party 倒是不用了，妳可以幫我跟小杜學長撒嬌一下，讓我當一天的主唱過過癮。」小胖提議。

「那可不行！」小杜學長不知道從哪裡冒了出來，他滿臉燦笑，「你唱歌像烏鴉叫，三句歌詞裡有兩句半會走音，你來當主唱，我看我們這一團直接解散好了，省得一夥人出去表演完，還要蓋頭遮臉的怕被人認出來。」

「你們都好壞，講這些話眞是太傷我的心了！」

魏小胖大叫完，又嚷著他一定要把桌上那些點心全吃光光，不讓大家吃。

「我就是胖死，也絕對不要被你們氣死！」最後，他這麼說。

原來，我們相愛的機率是七十億分之一的平方，所以我願發誓，我會愛你如我命。

「蘇諺齊，你知道一個人喜歡上另一個人的機率有多少嗎？」

坐在蘇諺齊的車上，我轉頭問他。

蘇諺齊想了想，然後搖頭，問道，「多少？」

「七十億分之一。」

「妳怎麼知道？」

「魏小胖說的。」

「有什麼根據嗎？」

「他說全世界的人口大約有七十億，在這七十億人口裡，可以讓我們動心的只有那一個人，所以愛上一個人，是很難得的緣分。」

「很浪漫的說法。」蘇諺齊笑。

「我也很喜歡他這種說法，會感覺『被愛』真是一件幸福的事。」

「妳在暗示我什麼嗎？」

「哪有啊！我只是轉述小胖跟我說的這個理論。」我說：「而且，他還說他沒打算要放棄劉慧妤。」

「眞的？爲什麼？」蘇諺齊很驚訝。

我點頭，說：「他說劉慧妤是他的七十億分之一，所以他要用時間等她，他相信只要他夠堅持，也許，有一天劉慧妤會被他打動。」

「我到底該說他笨還是說他專情？」蘇諺齊嘆了口氣，「他都等她那麼多年了，她要會感動，早就感動了。」

「可是我覺得他很有勇氣，我要是劉慧妤，說不定會被他的傻勁感動。」

「只可惜愛情不是光感動就夠的，如果不能轉化爲愛的能量，那也只是枉然。」

我點點頭，「但，這麼殘忍的話我們誰也不敢對他說，對吧？」

「他是執迷不悟，說再多也不一定聽得進去，也許有一天，等他自己想通了、看開了，就會好了。」

但是，感情如果這麼容易想通看開，這個世界上或許就不會有那麼多傷心的人了。

魏蔓宜跟梁祐承分手了。

要她下這個決定，我知道她心裡一定比任何人都更難受。

因爲，她是用生命在愛著梁祐承的。

在電話裡，我和她聊著，她告訴我，她想先到各個城鎮走一走，或許還會出國。

「妳可不可以先不要告訴林誼靖，我怕她胡思亂想，攔著我不讓我走。」

「妳要去哪裡？」我其實也很擔心。

「我也不知道。」

魏蔓宜在電話那頭用輕鬆的語氣說著話，但老實說，我聽得出來她的假裝，她向來就不善於偽裝。她說：「就是到處走走，這個沒有目的的旅行我已經想了很久了，只是因爲之前心裡有牽掛，所以始終沒有實行。現在牽掛沒了，我終於可以自由地去我想去的任何一個地方了。妳放心，等我玩累了自然會回來，我的家在這裡，就算走得再遠，也終究會回來的。」

「那，在妳遠行之前我們可以出來吃一頓飯嗎？」

「我沒辦法耶，沈珮好！」魏蔓宜笑了，她說：「我現在趕劇本趕得焦頭爛額的，實在是沒辦法跟妳好好吃頓飯，過兩天寫完劇本，我把手邊的雜事辦一辦就要出發了。不過，我回來時我一定會跟妳約時間吃飯，妳想逃都逃不掉的。」

「那妳一定要……記得常打電話給我，知道嗎？」

我有點哽咽，心裡很不捨，不知道她這趟遠行要去多久，想到從高中開始我們三個人就沒分開過，即使並不住在一起，卻常常一通電話過去就能聽見彼此的聲音，或是開一段路的車程，就能看見想念的臉龐。一想到魏蔓宜這一躺旅行不知道會去多久，不知道會不會打電話回來，依她的個性很可能會音訊全無……光想到這些，我的眼淚就無法克制。

「如果有空，我當然會……喔，妳千萬不要打我手機找我，我手機會辨停話。」魏蔓宜頓了頓，又說：「妳如果有空，就來我家陪陪林誼靖，我怕她自己一個人在我家太無聊會胡思亂想。妳多陪陪她，跟她說說話，也省得她老爲我擔心，好嗎？」

「好。」

「那就先這樣了，我繼續去趕劇本，妳也要好好保重身體喔。還有……別爲我擔心，我很好，沒事的。」

幾天後，魏蔓宜背起行囊旅行去了。

她離開的第二天，林誼靖打了電話給我。

「妳來魏蔓宜家。」林誼靖死氣沉沉地對我說。

那時我正在用電腦出學生的考卷，整個人精疲力盡，但一聽到林誼靖沒有任何元氣的聲音，馬上抓起汽車鑰匙往外衝，一刻也不敢怠慢。

衝到魏蔓宜家外面，打手機叫林誼靖幫我開社區大門。一衝進社區裡，才跑到魏蔓宜家門口，都還沒按門鈴，林誼靖就開了門。她一見到我，二話不說就抱著我哭了起來。

「妳、妳幹麼啦……」

我被她嚇壞了，在魏蔓宜失去音訊的分分秒秒裡，林誼靖跟我都顯得特別脆弱，一點風吹草動就會胡思亂想，而且專往壞的方面想。

「我好想念魏蔓宜喔，她今天都沒打電話給我。我一個人坐在家裡等她電話，一直等一直等，越等心越慌，一慌就想哭……」

「喔！妳不要這樣自己嚇自己啦！」我簡直快被她突如其來的舉動嚇到心臟麻痺，「她才出去第一天，可能還在找住的地方，等她安頓好，自然就會打電話回來啦。」

「可是我就是等不及嘛！她沒打電話回來報平安，我一想就擔心嘛……」

就連承受失戀的痛苦也沒徹底被擊敗的林誼靖，現在居然手足無措得像個孩子，就只因爲魏蔓宜沒打電話回來報平安。

這個晚上，我留下來陪林誼靖，兩個人躺在魏蔓宜的床上一起想念她。

「妳猜她現在在哪裡？」黑暗中，林誼靖開口，低聲問我。

「不知道，她跟妳說過她要去哪裡嗎？」

「她昨天說要先去苗栗，但沒說她接下來要往哪去。」

「不管她在哪裡，總之，她人應該還在台灣，以前老人家不是最喜歡說一句話嗎？他們說『沒消息就是好消息』。所以妳不要再亂想了，把自己搞得那麼緊張幹麼呢？」

林誼靖突然不說話了，我也睜著眼睛看著黑暗中的天花板，沒幾秒鐘，林誼靖吸吸鼻子，揚著微微的鼻音說：「我常常覺得很慶幸，因爲我有妳們兩個這麼好的姊妹，雖然平常我們各過各的生活，但妳們從來就不會忘記給我關心跟祝福，尤其是在我剛失戀的那段時間，不管是妳或是魏蔓宜，妳們都常常陪我聊天，不論我說什麼，就算是再無聊的小事，妳們也都很認眞聽我說。可是，魏蔓宜卻在她最痛的時候選擇自己一個人去旅行，沒有人陪她說話，沒有人傾聽她的委屈，她要怎麼辦？我光想就好擔心，她是心思那麼細膩的人，沒有人開導她，她會不會就這樣鑽進牛角尖裡鑽不出來了？」

林誼靖講得我聽了都想掉淚。我拍拍她的肩，安慰地說：「別想那麼多！魏蔓宜不是不珍惜自己生命的人，她再怎麼傷心難過，也還有理智，不會做傻事的。」

林誼靖翻過身來抱著我的手臂，可憐兮兮地說：「沈珮好，今天晚上我可不可以就這樣抱著妳的手睡？我眞的很害怕……」

「好。」

「要是妳半夜覺得不舒服，妳可以趁我睡著後，把妳的手抽回去。」

「好。」

「但妳要抽回去的時候，一定要很小心，不要吵醒我，不然我會再把妳的手抓回來……」

很好！我開始認眞考慮要不要把我的手借她了，她的要求未免也太過分！

「妳要不要考慮抱抱枕？」

最後，我這麼問她。

總是要遠離了，才知道會想念。

失戀應該是種深具傳染力的疾病，先是林誼靖染病，再來是魏蔓宜，然後現在是林燕婷。

「我哥知道了！他狠狠罵了我一頓，還去我男朋友家警告他。」

林燕婷向補習班請了兩天假，她請假的第一天，我下班回到我家時，就在我家停車場外撿到已經哭得兩顆眼睛又腫又泡，簡直睜不開眼睛的林燕婷。

把她帶回我家，泡了一杯熱咖啡給她時，她捧著還冒著熱氣的咖啡，眼淚一滴一滴掉進咖啡裡，娓娓向我訴說她的委屈。

「我不能明白他反對的理由是什麼。」

我坐在林燕婷身旁，拿面紙不斷幫她擦眼淚。

「我哥覺得我男朋友是修車的，配不上我。可是我就是喜歡他修車時認眞的樣子，還有跟客戶講解汽車性能和建議配備時專業的模樣，讓我很敬佩，很有安全感啊！我哥跟他明明就那麼要好，也知道他眞的是個很棒的人，卻偏偏不准我們在一起。問他，他的理由只因對方是個修車的。這是什麼鬼理由啊。我好生氣。」

「妳有沒有試著跟妳哥說明妳爲什麼喜歡妳男朋友？」

「講了！我哥只說我是太久沒戀愛，才會一時沖昏頭。他說我應該要找個公務人員嫁一嫁，要不就找個企業家，再怎麼樣，也不應該是個修車的……」

我看著哭得一把鼻涕一把眼淚的林燕婷，輕輕問她，「那妳怎麼說？」

「什麼怎麼說？」林燕婷抬起她的泡泡眼看我。

「妳是要放棄，還是要堅持下去？」

「我、我不知道……」

「林燕婷，妳是不是不夠愛他？」

「我很愛他啊……」林燕婷這句話說得很沒氣勢。

「很愛他怎麼會不知道自己要不要堅持下去？喜歡一個人，不就是要全力以赴嗎？妳沒有抱著豁出去的決心，怎麼向別人證明妳對這段感情有多在乎、多認眞？在我看來，林燕婷，妳對他的愛還不夠，所以妳才會採取這麼消極的姿態，沒有全力反擊。」

「但我眞的很喜歡跟他在一起的感覺啊。」

「感覺跟愛是不一樣的！感覺是只要讓妳覺得舒服自在，妳就會喜歡的狀態，但愛情不是這樣！愛情是願意犧牲，可以勇敢並且能接受任何挑戰和磨練的，它無以名狀，卻眞實存在。」

林燕婷沉默了，她抓了一顆抱枕抱在胸前，安靜地掉眼淚。

我或許是把話講得重了，但是，能夠遇到一個自己喜歡，而對方剛好也喜歡自己的人，是多麼幸運的事，那是要修幾輩子才能修來的緣分，我希望林燕婷好好珍惜。

「林燕婷，前些日子我聽到一個很感人的說法：一個人要喜歡上另一個人的機率，是七十億分之一，而兩個人要互相喜歡的機率，則是七十億分之一的平方。妳說，這樣得來不易的緣分，是不是要好好珍惜把握？」

林燕婷點點頭，又抬起她的泡泡眼看著我，一臉疑惑地問：「但是，爲什麼是七十億分之一，不是八十億或六十億？」

「因爲目前全世界的人口大約是七十億個人，所以是七十億分之一。」

林燕婷這下終於眞正了解地點點頭了。

「所以，妳如果眞的在乎這段感情，眞的想跟妳男朋友繼續走下去，就要想辦法說服妳哥哥，唯有讓他知道妳的決心，你們的感情才能撥雲見日，不要還沒戰鬥就舉白旗投降了。」

後來，林燕婷說她那天從我家離開後，在路上想了很多，隔天就跟她哥攤牌了，她對她哥說她不會輕易和她男朋友分開，這段感情，除非是她或她男朋友選擇放棄，否則沒有人可以拆散他們。

據她的說法，她哥拿她一點辦法也沒有，她趁機又帶男朋友回她老家，先爭取到爸媽的兩張贊成票，她哥就更沒立場多說什麼了。

「反正我爸媽也覺得他不錯，我哥再怎麼氣得跳腳，就算跳到腳斷，也阻止不了我們了。」

隔了幾天，林燕婷就恢復原來的活蹦亂跳，她跟男朋友的感情經歷過這一場風波後，比以前更好、更珍惜彼此了。

失戀會傳染，但快樂未必就會。

林誼靖簡直快得了憂鬱症，她天天都在叨唸著魏蔓宜，太寂寞的時候，就叫我過去陪她喝酒。

一開始我當然以自己會起酒疹這個保命符逃過一劫，但同樣的藉口用多了，林誼靖就開始不甩我了。她是作風強硬的人，當她決定要你乾掉你眼前那杯酒時，你就得乾掉，否則她會跟妳沒完沒了。

「我先訓練妳的酒量，再來訓練妳的酒疹。」她說。

「酒疹要怎麼訓練啊？」

「就是多喝幾種酒，看哪種酒讓妳的酒疹反應最小，以後就喝那種酒就好。」

我還以為她要說出什麼很有技術性的話咧，結果就只是這樣！害我心裡小小期待了一下。

事後證明，能讓我的酒疹反應最小的，大概就只有水果酒了。

「喝這個根本就是在喝有氣泡的果汁。」林誼靖鄙視地看著我說。

「我也沒辦法啊。」我聳肩，「誰叫我不管喝什麼都會起疹子！」

「我不管啦，妳這麼遜怎麼對得起妳媽？」林誼靖站起來，抓起她的皮包，「我去便利商店再買幾瓶啤酒回來，妳不准走，乖乖坐在這裡等我回來。」

我不敢違抗林誼靖這個女暴君的命令，只好乖乖點頭。

林誼靖出門後，我就拿著遙控器開始切換頻道看電視，估計林誼靖走到路口便利商店買啤酒再走回來，大約只要十分鐘左右的時間。

但是，時間過了三十分鐘，林誼靖卻還沒回來，我開始坐立難安了。

現在是晚上，雖然魏蔓宜她家這附近的治安還不錯，而林誼靖又是恰北北的母老虎，但再怎麼說，林誼靖到底還是個女孩子，她在時間內沒回到家，還是很讓人擔心的。

撥了林誼靖的手機，結果客廳桌上的手機唱起歌來，她根本就沒帶手機出門。最後，我打電話給蘇諺齊，要他先過來一趟。

掛掉電話後，決定自己先到外面看一看。

結果我一走到社區大門旁就看到林誼靖的身影，她站在門外，正疾言厲色地罵人。

我慌忙跑過去，這才發現她罵的人居然是梁祐承。

我衝到他們身旁，拉拉林誼靖的手低聲說：「喂，好了啦，這樣很難看耶。」

「難看什麼？他都能把魏蔓宜搞得這麼難過了，還怕難看？」

林誼靖轉頭看了我一眼，依然很生氣地指著梁祐承大罵。

「夠了夠了啦！不要這樣，大家好聚好散嘛，有必要把場面弄得這麼難看？妳忘了魏蔓宜跟妳說過的話？妳這樣做，魏蔓宜知道了會有多傷心！」

我搬出魏蔓宜，終於才把林誼靖的脾氣稍微壓下來，然後我又轉頭看著梁祐承，卻發現他臉上有傷，嘴角好像還破了，正沁著血。但在這個緊張時刻，我也沒辦法多關心他，只是對他揮揮手說：「學長，你先回去吧！」

「可是魏蔓宜……」

「她不在，她去旅行了。」我說：「你不要找她了吧！她已經被你傷得夠重了，就算她回來也不一定肯見你，你還是先回去吧，再等下去也等不到她的。」

梁祐承哀傷地看了我一眼，低著頭轉身走了。

我看著他離開時的寂寞背影，在他緩慢的腳步中，路燈彷彿把他的身影拉得更長更長了。

因爲愛一個人，所以我們變得勇敢、堅強，而再無所懼。

隔天，梁祐承在我上班時間打電話給我。

「見個面好嗎？」他說，聲音聽起來有些滄桑。

「可是我在上班。」我說。

「我知道，我可以等妳下班，有些事我想問問妳，是關於魏蔓宜的。」

我遲疑片刻，終於答應。

「要我過去接妳下班嗎？」梁祐承又問。

「不用。」我連一秒都沒有思考就拒絕，「我自己會過去。」

和梁祐承約了時間跟地點，才剛掛上電話，就看到蘇諺齊捧著兩杯咖啡，笑嘻嘻地走過來。

「噹噹！貼心的男朋友來給辛苦的女朋友送咖啡囉。」他走過來，把手中一杯咖啡遞給我，笑得比熱咖啡還溫暖，「再忙，也要跟妳喝一杯咖啡。」

我被他的話逗笑，「嘿！好老的梗喔。」

「能逗笑妳，再老的梗都有價值。」蘇諺齊摸摸我的頭。

「那乾杯。」我拿自己的咖啡杯碰了一下他的杯子。

「連咖啡都能乾杯？我看妳是被林誼靖訓練得很成功了。」蘇諺齊搖著頭，微笑，「以後離她遠一點，我可不希望我的女朋友以後變成酒鬼。」

「那可不行！林誼靖跟魏蔓宜都是我的姊妹。」我笑，「我們是寧可沒愛情，也不能沒有姊妹感情的死黨呢！」

「我知道我知道，妳已經強調一萬遍了。」蘇諺齊依然笑嘻嘻的，「跟妳開開玩笑而已嘛，妳不要當眞嘛！」

我捧著他送來的咖啡，「看在這杯咖啡的分上，我原諒你一次。」

「謝謝女朋友的大赦之恩，爲了報答妳，小的願意天天爲妳買咖啡、當司機，再累也心甘情願。」

「說到做到？」

「當然。」蘇諺齊肯定地點點頭。

「很好！」我抓起他的手，攤平他的手掌，再把我的手掌與他的互擊，然後開心地笑，「成交！」

「鬼靈精怪！」蘇諺齊又摸摸我的頭，寵溺地笑著。

「那等一下下班，我的司機願意送我去一個地方嗎？」

「哪裡？」

我把梁祐承打電話來的通話內容簡短地向他報告一番。

「昨天，他來魏蔓宜家外面，剛好遇到要去便利商店買東西的林誼靖，林誼靖跟他打架了。」

「打架？」蘇諺齊驚訝地睜大眼。

「呃，其實也不算打架，林誼靖事後說是她打梁祐承，梁祐承一拳都沒有回，也沒有擋。」

「那他有受傷嗎？」

「誰？你是說梁祐承嗎？」我看著蘇諺齊點頭，才又回答他，「我昨天好像看到他臉上有一點瘀青，嘴角也有一點血絲。」

「哇！林誼靖手勁這麼大？」

「她國小學過一陣子跆拳道，好像練到紅帶就沒再練上去了，她的手勁大概就是那時練出來的。」

「那當她男朋友眞可憐，如果不乖不聽話，會不會被她過肩摔？」

「不會！她在她男朋友面前是非常小女人的，只有傷害她姊妹的臭男人才可能被她過肩摔，所以你要小心一點！」

蘇諺齊呵呵呵地乾笑了三聲，說：「我會非常非常注意自己的言行舉止。」

我點點頭，「嗯，會怕就好。」

下班後，蘇諺齊載我到梁祐承約我的地方。

「你眞的不陪我進去？」

我解開安全帶，側頭看著坐在駕駛座上的蘇諺齊，不確定地又問了一次。

「我在這裡等妳就好。」蘇諺齊對我露出很好看的笑容，「妳學長說不定有很多事情要問妳，我在一旁，恐怕會讓他尷尬，反而不知道要怎麼問。所以我還是在這裡等妳就好，別擔心，我不會走開，妳快去吧。」

「那等我喔。」說完，我迅速湊過頭去，在他的頰上印了一個吻，臉上因爲那個親密的舉動而微微燥熱，我又說：「我會盡快回來的。」

走進餐廳，我一眼就望見梁祐承的身影。

他的樣子看起來好憔悴，跟我印象裡的梁祐承並不一樣。

我走到他面前，他才像突然從自己的世界裡驚醒過來一般，對我露出一個不怎麼快樂的微笑，又慌忙起身想過來幫我拉椅子。

「不用，我自己來就好。」我一面說，一面自己拉好椅子坐下。

梁祐承這才又慢慢坐回他的位置上去。

向服務生要了一杯熱摩卡後，我看著坐在我對面的梁祐承，有些心疼地說：「你看起來有點糟。」

梁祐承聽見我這樣說，扯開嘴角笑了一下，誠實地說：「不是有點糟，是很糟。」

我安靜地看著他，他看著自己眼前的水杯，嘴邊噙著苦澀微笑，「失去魏蔓宜，我才知道原來自己這麼依賴她。這麼多年來，因爲太習慣聽她在我耳邊吱吱喳喳，但自從她不再跟我說話，我才發現原來我的世界是這麼孤寂。她離開了我才知道，沒有她，我就只剩下我自己，什麼也沒有了。我才發現，原來我是眞的愛她。」

「你現在說這些是不是太晚了？」我一針見血。

「我知道自己眞的很愚蠢，罪不可赦，但妳是不是可以給我一個機會，告訴我到底她去哪裡了。只要她還愛著我，一切就不會太晚，我會追回她，耗盡生命也要追回她……」

「我不知道她去哪裡了。」

梁祐承見我不肯告訴他關於魏蔓宜的去向，語氣急迫地說：「沈珮妤，我眞的知道我錯了！我爲我之前對妳的糾纏道歉，我承認我眞的是個很爛的人，總是學不會珍惜眼前的幸福。妳曾經提醒過我好幾次，我依然執迷不悟，對不起，眞的很對不起，但我眞的不想錯過魏蔓宜，所以，妳可不可以告訴我，魏蔓宜她現在人在哪裡？」

「我不是不告訴你，確實是因爲我也不知道她現在去了哪裡，她跟林誼靖說想先在台灣本島四處旅行，或許還會出國，我和林誼靖也很急，她出發前，已經先把手機辦停話了，現在，我們現在也只能被動地等她打電話回來報平安。」

「眞的已經沒有辦法了嗎？」

梁祐承說著，眼眶就紅了起來。

我不知所措地看著他，半晌，才開口對他說：「學長，你、你不要這樣啦，要不然，如果魏蔓宜打電話回來，交代了去向，我再跟你說。」

「眞的嗎？」

梁祐承有些激動地看著我，原本黯淡無光的瞳孔，慢慢注入光采。

我在他的注視之下，肯定地點頭，微笑。

「如果你還願意珍惜她，我一定會幫你。」

珍惜，在愛情的世界裡是很重要的元素之一。如果不珍惜，再多的愛都沒用。

林誼靖後來跟梁祐承成了好朋友。

面對這個結局，我挺意外的。

「不打不相識，聽過沒？」林誼靖一臉酷酷地說著。我猜想，她也許也還在「跟討人厭的梁祐承變成好朋友」的適應期中。

「我聽過。」我老實招認，「但用在妳身上就是怪怪的。妳不是標榜自己是愛恨分明的世界級代言人嗎？」

「就算是再精準的機器，偶爾也是會出槌的，更何況，我難免也有意志薄弱的時候啊。」

林誼靖非常沒氣勢地替自己辯解。

就這樣，梁祐承和我們變成的同夥。

魏蔓宜依然沒消息，林誼靖只要講到這個，整個人就會很焦慮，她的情緒很容易傳染給我，於是我們兩個時常喝著啤酒聊魏蔓宜的事，或發生在我們三個人之間的事。林誼靖最喜歡跟我比賽回憶過去，常常我們都會搶著講以前曾經發生的事，只是往往聊著聊著，我們就會很沒用地抱在一起哭。

我很擔心，會不會魏蔓宜還沒回來，我跟林誼靖就哭瞎了。

魏蔓宜終於打電話回來的那天，林誼靖像中了樂透頭彩一樣，急忙通知我，向我宣布魏蔓宜要回國的消息。

跟我報告完，她又打電話告訴梁祐承，梁祐承也開心地打電話來和我確認。

「我也是聽林誼靖說的。」

我走出教室，整個人心情很亢奮，早就沒有心情再上課。正好下課時間到了，我就順理成章地宣布下課。

「所以妳也不知道是幾點的班機？」

「老實說，我真的不知道。」

「那我再問問林誼靖好了，對不起，有沒有打擾到妳上課？我真的完全沒有辦法克制自己的情緒，我好開心。」

「沒關係，現在是下課時間。」頓了一下，我又說：「喂，梁祐承，這次你是眞的認眞了嗎？」

「嗯，認眞的！」梁祐承連思考都沒思考就直接回答我。

「如果魏蔓宜再回到你身邊，你保證不會再讓她受到委屈了嗎？」

「我保證。」

「好！」我豪氣地說：「有你這一聲保證，就値千金了！你放心，能幫忙的，我跟林誼靖一定幫你，但你千萬不要再讓我們失望了，失去過，一定要更懂得珍惜，不懂珍惜，再多愛也是沒有用的。」

「我知道。」

那天晚上回家後，林誼靖打電話給我，告訴我梁祐承去找過她，他們兩個人商議了好久，討論要怎麼追回魏蔓宜。

「結論是？」我問。

「結論是，我們先帶魏蔓宜去吃飯，再帶她上山。」

「上山幹麼？」

「梁祐承說他以前最喜歡帶魏蔓宜上山看月亮，妳也知道，睹物會思人嘛，我們先勾起魏蔓宜的想念，再把梁祐承快遞到她面前，接下來就要看梁祐承的表現了。」

「好像很好玩！」我說。

「是好玩又刺激。」林誼靖有些激動地說：「不知道他們會不會和好。」

「和好會怎樣？妳有開賭盤？」

「我有那麼無聊嗎？」林誼靖想了想，又說：「不過妳的提議還不錯，不如我跟妳來賭一盤。」

「妳眞的很無聊耶，人家在風花雪月，妳在一旁賞景就好，幹麼硬要湊熱鬧？」

「好啦好啦，來咩，一起來賭一盤嘛。」

拗不過林誼靖，我只好答應她的幼稚要求。

「那來賭……日本料理好了！」林誼靖說：「賭他們明天見面會不會和好。」

「我賭不會。」我完全不拖泥帶水，直截了當。

「沈珮妤，妳心地好壞喔。」林誼靖挖苦我，「這樣不行喔，這樣人家會以爲妳是白雪公主的後母，壞心腸。我賭他們明天會和好，哈！沈珮妤，妳要輸了，願賭服輸喔！妳準備請我吃日本料理了吧！」

事後證明我贏了一桌日本料理。

魏蔓宜並沒有馬上答應和梁祐承在一起，雖然她很愛他，但她說，他還是該適時接受些懲罰的。

她的懲罰就是：不馬上接受他的求和。既然他讓她痛了那麼久，她也應該讓他嚐嚐喜歡卻不能擁有的折磨。

當我們看到魏蔓宜很帥氣地轉身離開梁祐承身旁，朝我們兩個人走過來時，林誼靖不敢置信地看看我，開口問魏蔓宜，「所以妳眞的不打算跟他復合喔？妳不知道他昨天聽到妳今天要回來有多高興嗎？他笑得嘴都要咧到耳朵去了，昨天晚上肯定開心了一整晚都沒睡，今天早上還一直打電話問我妳到底幾點的班機到，連沈珮妤都能感覺到他是眞的在乎妳。對不對？沈珮妤！」

「沒錯呀。」我跟著附和，「他是眞的很在乎妳呢。」

「有什麼用？擁有的時候不懂珍惜，失去的時候才後悔！全世界人類的通病。」

魏蔓宜揉揉自己的眉心說著，說完又說自己累了，想回家休息，要林誼靖開車送她回家。

一坐上車，林誼靖還不肯接受自己已經輸了一頓日本料理的事實，她不死心地又開口，「魏蔓宜，妳不會是認眞的吧？妳眞的不打算原諒他？」

魏蔓宜轉頭看著林誼靖，問著，「妳那麼緊張幹麼？妳有拿他什麼好處？還是妳有跟誰打了賭，賭金很高嗎？」

「妳神經病啊！我拿妳的幸福去打什麼賭？我有這麼喪盡天良嗎？」

林誼靖說完，轉頭瞥了我一眼，我一張嘴笑得快裂到耳邊去。

「既然沒有，那妳好好看戲就好了，窮緊張個什麼勁？」

魏蔓宜淡淡地說，說完就靠在副駕駛座的椅背上，停了幾秒鐘，她才又說：「他讓我心裡那麼痛苦過，他也該嚐嚐苦頭。哪能他一放低姿態我就馬上順應他的種種請求，這樣不是顯得很沒個性嗎？」

有時候，以退爲進是最好、最有效的方式，尤其在愛情裡。

一個星期後，魏蔓宜就正式宣布她跟梁祐承和好了！

林誼靖知道了，直罵她既沒骨氣也沒個性，還沒原則。

「不是說要給他嚐點苦頭嗎？讓他這樣多等妳一個星期，這就叫嚐苦頭？」

但是我知道，林誼靖氣的其實不是魏蔓宜沒骨氣沒個性沒原則，她是在心疼自己的錢包。那餐日本料理好貴啊，不過我跟蘇諺齊吃得好開心。

「妳也知道，在愛情的領域裡，我充其量只是個幼幼班的小朋友，哪有什麼花招可以用？我根本不知道要怎麼折磨他，而且，我看他每天都在路邊等我，好可憐喔。他的腦子是用來想漫畫劇情的，不是用來討好我的。」

魏蔓宜又恢復那種很自然「以夫為貴」的心態，我看林誼靖又快吐血了！

後來林誼靖找到新工作，要搬離魏蔓宜家，魏蔓宜說要為她們兩個人為期不長的同居歲月辦個歡送會。

魏蔓宜打電話約我，還叮嚀我一定要帶蘇諺齊一起去。

「人家指定要你去呢。」掛掉電話後，我微笑著對蘇諺齊說。

「喔？因為我人帥心地好的關係嗎？」他臭屁著。

「才不是。」我說：「因為魏蔓宜要跟你打好關係，不然以後她家小孩的數學要怎麼辦？」

「原來我只有這點利用價值？」

「當然不是。」我挽著他的手，笑嘻嘻地說：「你的利用價值何止這樣？你會幫我買咖啡，會開車送我上下班，會買三餐給我吃，會在每天晚上睡覺前打電話跟我說晚安，會在我每個月最不舒服的那幾天泡熱可可給我喝，你還能不怕別人異樣眼光，幫我去便利商店買棉棉……」

「原來我這麼好用！」

我把自己的頭靠在他臂膀上，眞心誠意地說：「我眞的覺得自己很幸福，都是因爲你的關係。」

「喔，不過，我前幾天聽到一件事……」

「什麼事？」

我抬頭看著他依然淺淺微笑的臉龐。

「有人跟我說，妳之前很討厭我，是討厭到一看到我就想吐口水在我臉上的討厭法！」

我睜大眼，盯著他，腦中瞬間閃過林燕婷的身影。

「哪、哪有這種事？你……你聽誰亂講的？」我緊張到口吃。

「這麼緊張幹麼？」蘇諺齊依然笑得無毒無害，他摸摸我的頭，語氣溫和地說：「其實我以前也討厭過妳！」

「什麼？」我的聲音馬上高八度。

「妳以前很跩啊！那時我每次看到妳就覺得妳不正常，不知道在跩什麼，又不是長得多漂亮，還有點年紀了……」

「等等等等等等……」我立刻鬆開本來還挽著他的手，站在他面前，睜大眼，不客氣地說：「我哪裡有點年紀了？好歹我比你年輕好嗎？你才是老扣扣。」

蘇諺齊完全沒被我惹毛，站在我面前，好整以暇地笑著看我。

「還有！我那個不叫跩。」我繼續強調，「是有個性，好嗎？我很有個性地不隨便對男人微笑，不是跩，更不是不正常，好嗎？」

「好……」蘇諺齊走近我一步，想拉我的手，但被我躲開了，他好脾氣地笑著，「我跟妳開玩笑的，妳當眞了？」

「廢話！我當然會當眞啊！」我說著說著，就很委屈地紅了眼眶，「別人怎麼說我都沒關係，但你就是不行！你怎麼可以說我跩，還說我不正常？」

「好啦，對不起嘛，妳不要生氣了，我沒有討厭過妳，眞的眞的，也沒有眞的覺得妳跩，不正常的人是我。那時，我只要看到妳，不知道爲什麼心跳的頻率就會整個大爆炸，亂跳得很嚴重，好像得了心臟病一樣，眞的。」

蘇諺齊討好地又拉起我的手，我躲了幾次，終於被他抓住了。我不看他，繼續把目光放在別處，以對他表達我嚴重的不滿。

「不要生氣了嘛。」他又搖搖我的手，撒嬌的語氣聽起來很可愛，我的憤怒瞬間少了一大半。

見我不說話，他只好攬著我的肩，讓他的頭跟我的頭靠在一起。

「再生氣，我就要親妳了喔！」他說。

「你敢！」

我用要殺人的眼光看著他。我們現在可是在補習班旁的大街上，萬一他眞的親我，被學生們看到一定會造成大騷動！

「我敢啊！」他又露出那種人畜無害的笑容，「我也敢花錢買廣告，在那裡秀出我愛妳的字眼。」

他說著，指著我們眼前的大LED看板，我看到上面正在廣告最新型的手機款式。

「花錢買那個示愛是很笨的行爲耶。」我非常實際地說：「與其花錢買那種讓一堆人都能看見的示愛字眼，倒不如寫一張文情並茂的卡片給我，還比較能讓我感動。」

「眞的嗎？」蘇諺齊馬上皺著眉，說：「但妳不覺得，被昭告天下，讓大家都知道有個男人對妳至死不渝的情節很動人嗎？而且，妳看……」

我順著他的手指頭看過去，正巧看到那個大大的LED看板上飛出好多像泡泡一般由小變大的愛心，最後一個愛心上寫著字。

沈珮妤，謝謝妳走進我的生命裡，妳讓我知道什麼是快樂與幸福。我說過，我願意天天爲妳買咖啡跟當司機，但我忘了說，期限可不可以以一輩子爲限？我不敢要求三生，也不敢預支妳的十世，只要一輩子就好！這輩子，我一定會好好珍惜妳，這是我對妳的承諾。

最後，另一個小小的愛心裡，清楚地浮出「蘇諺齊」三個字。

我轉頭看向一旁安靜地看著我的蘇諺齊，然後四周圍是一陣此起彼落的驚呼聲。

隱約間，我聽見有人說：「哇，是我們的老師耶。」「嘩，好浪漫喔，那個蘇諺齊真的是我們認識的那個蘇諺齊嗎？」「哎唷，老師居然這麼大膽。」

我的耳根跟臉頰都好燙好熱。

「你幹的？」我瞪他，我覺得好丟臉，可是又好浪漫！

「妳不喜歡？」他小心翼翼。

我搖頭，看他洩氣地垂下肩膀，又開始覺得他這樣好可愛。這個男人就是有這種神奇的魔力，不管他是開心地笑，或是沮喪地露出委屈的表情，我都會覺得他很可愛、很有魅力，總是能成功吸引住我所有的目光。

「浪費錢。」我實際地說。

「但花在妳身上就不浪費。」他的表情好誠懇。

我動搖了，這個男人講甜言蜜語就是能講進我心坎裡。

我故意不再看他，挺直腰身，往前走去。

「對不起嘛。」

他追過來拉著我的手，又撒嬌地說。但見我繃著臉，只好衝到我面前擋住我的路，把他的左手手掌攤開，平舉在我面前，又把他的右手食指跟中指合在一起，放在他的左手上，作出「下跪」的手勢，看著我，有些委屈地說：「人家說男兒膝下有黃金，妳看，我把我膝下的黃金都送妳了。」

他那委屈又可憐兮兮的表情成功地逗笑我，但我還是刻意憋著一張臉，不笑地瞥了他一眼，閃過他，邁開腳步繼續往前走，見他又追上來，才酷酷地說：「這樣也算？很幼稚耶。」

「我本來就不成熟啊。」見我終於開口跟他說話，他露出鬆了一口氣的笑容，然後說：「不要這樣啦，笑一個嘛，妳不笑的樣子雖然還是很漂亮，但我會怕耶。」

「會怕就會怕，幹麼還要強調我不笑的樣子很漂亮？」我咬著，嘴唇差點就破功笑出來。

「因爲妳眞的很漂亮啊。」他狗腿著。

「剛才不是還說我有點年紀？」我依然酷酷的。

「哪有哪有？我有這麼說嗎？應該是路上太吵鬧，妳聽錯了。」他打死不認。

「你知道男人老是油腔滑調的，死了之後會怎樣嗎？」

「怎樣？」

「會被打到地獄割舌頭。」我嚇他。

「嘿！還好還好！」他拍拍自己胸脯，「還好我從不油腔滑調，我總是對我的女朋友說實話。」

我終於還是忍不住笑了，捶了他一拳，說：「還說不油腔滑調，明明就很嚴重。」

「哪有啊？」他把手伸過來，牽著我的手，笑得甜蜜蜜，「我這個人雖然優點不多，但有個優點是大家公認的。」

「什麼？」我好奇地看他。

「誠實啊！」他得意地說：「我這個人最誠實了。」

我皺皺鼻子，潑他冷水，「可是我看不出來耶。」

「沒關係，現在看不出來，總有一輩子的時間可以讓妳好好觀察我。」

「誰說我會花一輩子的時間在你身上了？你想得美！」我想起剛才在LED看板上看到的那些話，又說：「一輩子是你的承諾，又不是我的承諾。」

「說到這個，妳知道嗎？剛才他們忘了把一句話打上去，好不專業。」

「什麼話？」

「我後面還加了一句：我想陪著妳，一直到很久的以後。」他說：「但是他們沒幫我加上去……」

「沒關係。」我瞇著眼，笑嘻嘻的，「這句話我知道就好，你不用昭告天下，那些被大家知道的話，就當作是你公開的表白，這句就當作是我跟你的祕密。」

蘇諺齊也笑笑的。他摸摸我的頭，那姿勢，是他對我的溺愛。

我也想陪著你，一直到很久的以後，然後在我們很老的時候，一起回想我們之間的點點滴滴，好的、壞的，都是你跟我共同的記憶，那是誰都偷不走回憶。

謝謝你，因為你，我很幸福。

所以，謝謝，我愛你。

我想陪著你，一直到很久的以後，然後跟你一起回憶年輕的我們，那一定很幸福。

【全文完】

後-記

故事也要說到很久以後

在寫上一本書《你有多重要，我怎麼失去才知道》時，我就決定，要把書裡面三個女生的愛情故事各自獨立為主題，分別書寫。但在寫這個故事時，我才發現原來它是有困難度的。

其中，因為三個女生一起談心的環節很多，所以有些對話，可能會同時出現在二本書裡，為此，我必須一面回顧上一本書，一面還要揣摩在這個故事裡另一個女主角的心境，然後加上一些文字佐證她的心情。

這不是一件簡單的事，尤其回家打開電腦寫稿子時，我常常因為上了一天的班，腦袋都不是很清醒，所以經常一打開 word 檔，才打幾行字，就開始打瞌睡，或者腦袋渾沌到自己寫故事寫到連自己看了都覺得奇怪。

最常出現的錯誤，就是把這本書的男主角名字寫成上一本書的男主角名字，加上我又沒有回頭看稿子的習慣，所以常常在完稿後，在讀稿子抓 bug 時，抓到一大堆的bug。

前兩本書，因為出版社的決定，所以書名變得既長又白話，這次的書名，是我在寫這個故事存檔時，因爲不知道要用什麼檔名而暫時取的，想著等交稿後，再照例讓出版社傷一下腦筋想新書名。想不到當我把寫了一半的初稿交出去，編輯竟然說這個書名很有味道，不用再另外取書名，讓我當下很錯愕，只好誠實招認那眞的是亂取的。

「那妳就趕快在故事情節裡加上這個概念啊，讓這句話不會顯得太突兀。」編輯在電話那頭一派輕鬆地說。

你們要知道，很多時候，編輯跟作者是很會互耍心機的！比如前兩本書，我硬是不肯自己取書名，要編輯頭痛自己想，所以這次就被逮到機會讓我自食惡果，要把我暫定的書名想辦法放進故事裡……唉，社會眞黑暗！這招你們千萬不要學。

我只能哀嚎慘叫，再自己構思想辦法，於是成就了故事最後面的結局。

好了！故事寫完，我也終於可以放心去度假了！

下次，如果編輯再向我催稿，我一定要以「幫我想書名」爲理由交換，外加一個「幫我寫序或後記」才肯乖乖伏案書寫。喔！我好邪惡！

如果看了書，你們有喜歡或被感動到，請不要忘了上我的ＦＢ粉絲團跟我說一聲，滿足一下 Sunry 小小的虛榮心吧！先在此謝謝你們囉。

Sunry

國家圖書館出版品預行編目資料

想陪著你，一直到很久的以後 / sunry著. -- 初版. --
臺北市；商周，城邦文化出版；家庭傳媒城邦分公
司發行, 民 102.12
面　；　公分. --（網路小說；226）

ISBN 978-986-272-488-0　（平裝）

857.7　102021980

想陪著你，一直到很久的以後

作　者／Sunry
企畫選書人／楊如玉、陳思帆
責任編輯／陳思帆

版　權／翁靜如
行銷業務／李衍逸
總 編 輯／楊如玉
總 經 理／彭之琬
發 行 人／何飛鵬
法律顧問／台英國際商務法律事務所　羅明通律師
出　版／商周出版
台北市中山區民生東路二段 141 號 9 樓
電話：(02) 2500-7008　傳眞：(02) 2500-7759
blog：http://bwp25007008.pixnet.net/blog
email：bwp.service@cite.com.tw
發　行／英屬蓋曼群島商家庭傳媒股份有限公司城邦分公司
聯絡地址：台北市中山區民生東路二段 141 號 11 樓
書虫客服服務專線：(02) 25007718・(02) 25007719
24小時傳眞服務：(02) 25001990・(02) 25001991
服務時間：週一至週五09:30-12:00・13:30-17:00
郵撥帳號：19863813　戶名：書虫股份有限公司
讀者服務信箱 email：service@readingclub.com.tw
城邦讀書花園網址：www.cite.com.tw
香港發行所／城邦（香港）出版集團有限公司
地址：香港灣仔駱克道 193 號東超商業中心 1 樓
email：hkcite@biznetvigator.com
電話：(852)25086231　傳眞：(852) 25789337
馬新發行所／城邦（馬新）出版集團 Cité(M)Sdn. Bhd.
41, Jalan Radin Anum, Bandar Baru Sri Petaling,
57000 Kuala Lumpur, Malaysia.
電話：(603) 90578822　傳眞：(603) 90576622
email:cite@cite.com.my

版型設計／小題大作
封面設計／黃聖文
電腦排版／浩瀚電腦排版股份有限公司
印　刷／高典印刷有限公司
總 經 銷／高見文化行銷股份有限公司
電話：(02)2668-9005　傳眞：(02)2668-9790
客服專線：0800-055-365

■ 2013 年（民 102）12月 3 日初版
■ 2015 年（民 104） 9月16日初版4.5刷
Printed in Taiwan

定價／200元

ISBN　978-986-272-488-0

廣　告　回　函
北區郵政管理登記證
台北廣字第000791號
郵資已付，免貼郵票

104台北市民生東路二段 141 號 2 樓

英屬蓋曼群島商家庭傳媒股份有限公司　城邦分公司

請沿虛線對摺，謝謝！

書號：BX4226	**書名**：想陪著你，一直到很久的以後 **編碼**：

商周出版

讀者回函卡

謝謝您購買我們出版的書籍！請費心填寫此回函卡，我們將不定期寄上城邦集團最新的出版訊息。

不定期好禮相贈！
立即加入：商周出版
Facebook 粉絲團

姓名：________________ 性別：□男 □女

生日：西元________年________月________日

地址：________________________________

聯絡電話：________________ 傳真：________________

E-mail：________________________________

學歷：□1.小學 □2.國中 □3.高中 □4.大專 □5.研究所以上

職業：□1.學生 □2.軍公教 □3.服務 □4.金融 □5.製造 □6.資訊
□7.傳播 □8.自由業 □9.農漁牧 □10.家管 □11.退休
□12.其他________________

您從何種方式得知本書消息？

□1.書店 □2.網路 □3.報紙 □4.雜誌 □5.廣播 □6.電視
□7.親友推薦 □8.其他________________

您通常以何種方式購書？

□1.書店 □2.網路 □3.傳真訂購 □4.郵局劃撥 □5.其他________

您喜歡閱讀哪些類別的書籍？

□1.財經商業 □2.自然科學 □3.歷史 □4.法律 □5.文學
□6.休閒旅遊 □7.小說 □8.人物傳記 □9.生活、勵志 □10.其他

對我們的建議：________________________________

____

____

____

____

【為提供訂購、行銷、客戶管理或其他合於營業登記項目或章程所定業務之目的，城邦出版人集團（即英屬蓋曼群島商家庭傳媒（股）公司城邦分公司、城邦文化事業（股）公司），於本集團之營運期間及地區內，將以電郵、傳真、電話、簡訊、郵寄或其他公告方式利用您提供之資料（資料類別：C001、C002、C003、C011等）。利用對象除本集團外，亦可能包括相關服務的協力機構。如您有依個資法第三條或其他需服務之處，得致電本公司客服中心電話(02)25007718請求協助。相關資料如為非必要項目，不提供亦不影響您的權益。

1. C001辨識個人者：如消費者之姓名、地址、電話、電子郵件等資訊。
2. C002辨識財務者：如信用卡或轉帳帳戶資訊。
3. C003政府資料中之辨識者：如身分證字號或護照號碼（外國人）。
4. C011個人描述：如性別、國籍、出生年月日。

請於此處用膠水黏貼